U0923285

上海译文出版社

I

抒情诗一

普希金文集

ПОЛНОЕ СОБРАНИЕ СОЧИНЕНИЙ I

冯 春——译

А. С. ПУШКИН

Александр Сергеевич Пушкин
Собрание Сочинений
根据 Полное собрание сочинений в 10 томах
Издательство Академий Наук СССР 1950 年版译出

图书在版编目(CIP)数据

普希金文集 / (俄罗斯) 普希金著；冯春译. —上海：上海译文出版社，2022.12
ISBN 978-7-5327-8972-6

Ⅰ.①普… Ⅱ.①普… ②冯… Ⅲ.①俄罗斯文学—近代文学—作品综合集 Ⅳ.①I512.14

中国版本图书馆 CIP 数据核字(2022)第 207977 号

普希金文集
[俄] 普希金 著 冯 春 译
责任编辑/刘 晨 装帧设计/张志全工作室

上海译文出版社有限公司出版、发行
网址：www.yiwen.com.cn
201101 上海市闵行区号景路 159 弄 B 座
南京爱德印刷有限公司印刷

开本 889×1194 1/32 印张 130.25 插页 112 字数 1,147,000
2023 年 4 月第 1 版 2023 年 4 月第 1 次印刷
印数：0,001—4,000 册

ISBN 978-7-5327-8972-6/I·5567
定价：1088.00 元(全十二卷)

亚历山大·谢尔盖耶维奇·普希金
Александр Сергеевич Пушкин
（1799.6.6—1837.2.10）

俄国著名画家瓦·安·特洛宾尼（В. А. Тропинин，1776—1857）1827 年绘

序言一

“我将蜚声整个伟大的俄罗斯土地”

普希金是伟大的俄国诗人。他创作的主要时期是 19 世纪 20 年代和 30 年代。他的创作倾向是和当时俄国的社会状况及社会进步思潮分不开的。这一时期俄国风起云涌的解放运动对这样一位不朽的诗人产生了重要影响。

19 世纪初期的俄国仍是一个封建农奴制国家，然而 18 世纪末欧洲已掀起了资产阶级民主革命的高潮，法国大革命推翻了封建制度，建立了资产阶级的共和国，资产阶级革命运动开始在西欧蓬勃发展。1812 年 6 月，拿破仑大举入侵俄国，使俄国从睡梦中惊醒。俄国军民奋起抵抗拿破仑的侵略，并在半年时间内把拿破仑赶出了俄国。西欧革命运动和 1812 年反侵略战争的胜利震撼了俄国这个封建农奴制国家，使这个国家的贵族阶级发生了分化。许多贵族在拿破仑入侵时破产，战争结束后，这些破产贵族一部分加入官僚阶级的队伍，一部分构成沙皇的反对派。此外，一些青年军官远赴巴黎，亲身感受到了法国革命的影响；回国后，他们看到国内沙皇的黑暗统治、官吏的横行、沙皇亚历山大一世对进步知识分子的镇压、地主对农奴的残酷压迫，于是对沙皇的统治产生不满。这些贵族知识分子展开秘密活动，其结果是 1825 年 12 月 14 日彼得堡枢密院广场爆发了革命行动，要求改革俄国的政治制度，即为十二月党人起义。起义被沙皇残酷镇压，五个十二月党人领袖被处以绞刑，大批十二月党人被流放西伯利亚服苦役。沙皇的统治更加黑暗，但俄国社会并没有停止前进，人民不断觉醒。这就是 19 世纪初期俄国社会的基本轮廓。列宁称这个时期为俄国解放运动的第一阶段，即贵族革命阶段。

普希金就是生活在这个时期。

亚历山大 · 谢尔盖耶维奇 · 普希金生于 1799 年 6 月 6 日。双亲是赋闲的莫斯科贵族。伯父瓦西里 · 普希金在当时是一位著名的诗人。普希金从小就接触到拉伯雷、高乃依、拉辛、莫里哀、布瓦洛、伏尔泰、莎士比亚等人的作品，他也熟读俄国的罗蒙诺索夫、杰尔查文、卡拉姆辛、德米特里耶夫等人的著作。父亲和伯父的藏书室是这位未来俄罗斯诗歌太阳的启蒙课堂，对于普希金的语言和文学修养无疑起了极大的作用。

1811 年，12 岁的普希金由伯父瓦西里带到彼得堡皇村学校读书。这是一所为贵族子弟开办的高级法政学校，目的在于培养国家高级文官。在皇村学校，普希金和同学中的普欣、杰尔维格、丘赫尔别凯等人结成莫逆之交。这些人都是未来的进步贵族知识分子，有的是未来的十二月党人。同时他还结识了一些进步军官，从而了解到许多政治新闻，读了许多查禁的文学作品。普希金接触了俄国启蒙思想家、作家拉吉舍夫和 18 世纪法国启蒙思想家的作品，尤其是和骠骑兵军官恰达耶夫的接近，大大开拓了他的政治视野。1816 年俄国开始出现秘密政治团体，目的在于反对亚历山大一世的反动统治。普希金的密友普欣参加了秘密团体，普希金也在十二月党人的秘密组织“幸福同盟”的聚会上朗诵自己创作的自由诗歌。1817 年，普希金从皇村学校毕业，以十等文官衔在外交部任职。他积极参加文学与社交活动。在拉吉舍夫民主思想影响下创作了著名的《自由颂》，高唱“我要为世人歌唱自由，我要惩罚皇位上的恶行”。这首诗在俄国社会上产生了巨大影响，后来落入沙皇手中，成了两年后判处他流放的主要罪名之一。

1818年，普希金的另一首名诗《致恰达耶夫》进一步表达了他反对沙皇专制制度的思想，诗中表现了诗人对自由幸福未来的向往。和这些诗歌同时流传的还有一些讽刺诗，普希金用这些诗歌无情地鞭挞“游荡的暴君”“全俄国的压迫者”以及沙皇的陆军大臣阿拉克切耶夫、宗教事务部兼国民教育部大臣戈利岑等沙皇“戴勋章的奴才”。他的“自由诗歌”的影响与日俱增，到处唤醒反抗的思想和公民的爱国热情。

普希金的“自由诗歌”与讽刺诗流传日广，到处人手一份，沙皇当局对此十分恐慌。彼得堡总督米洛拉多维奇奉命搜查《自由颂》的抄本。1820年春，沙皇决定判处普希金流放西伯利亚，只是由于卡拉姆辛、茹科夫斯基等著名诗人的奔走，才以调任的名义改为流放当时还很蛮荒的南方。

1820年5月，普希金离开彼得堡到叶卡捷琳斯拉夫去，途中患病，同1812年卫国战争英雄拉耶夫斯基将军一家到高加索温泉休养。在南方，普希金领略了绮丽的克里米亚风光、雄伟的高加索群山、浩瀚的海洋。峻峭的克里米亚海岸、驰骋着切尔克斯人的广阔草原给了他新的灵感，他被逐的压抑感更加强烈。在这种情况下，他写出了著名的叙事诗《高加索俘虏》，这首叙事诗和他此后在南方陆续写成的《强盗兄弟》《巴赫奇萨拉伊泪泉》《茨冈人》等诗作都带有积极的叛逆的浪漫主义色彩。这种浪漫主义是与当时俄国社会反对专制制度、渴望自由的思想情绪一致的。在普希金看来，当时的社会是一个巨大的牢狱，人民就是囚徒。因此他把自己的主人公描写成俘虏、罪犯以及被国家政权迫害的青年，他们的思想行为是宗教、法律、道德等社会规范所不允许的，因而他们的斗争矛头也是指向这些规范的。这些叙事诗充满了对自由的热烈追求。高加索的俘虏终于在切尔克斯少女的帮助下挣脱镣铐，逃离了囚禁他的旷野；两个当强盗的兄弟终于摆脱了追兵，虽然付出沉重的代价，毕竟换来了自由；亚历克企图摆脱上流社会加给他的人身和道德上的压制，逃到草原上去做一个自由的茨冈人。这些浪漫主义叙事诗在俄国文学史上完全是一种崭新的创造，它自由奔放，充满了新的思想。

流放南方的四年是普希金的创作成熟和获得巨大发展的时期。在这一段岁月里，他顽强地思索着当时社会的种种重大问题。从高加索回到任所基什尼奥夫以后，他接近过“第一个十二月党人”诗人弗·拉耶夫斯基，会晤过十二月党人领袖彼斯捷尔。他的诗歌充满革命激情，在十二月党人中广为流传，成了十二月党人的革命号角。他在 1821 年写的《短剑》里号召杀死暴君。

1823 年 7 月普希金被调到敖德萨，由于和当地长官沃隆佐夫不和，1824 年 7 月又被流放到北方普斯科夫省他父亲的领地米海洛夫村，在那里过着更加严酷的幽禁生活。但正是在米海洛夫村的两年幽禁生活里普希金的创作取得了辉煌的成就。他在这里继续写作在基什尼奥夫开始创作的诗体长篇小说《叶甫盖尼·奥涅金》，写作他最富有民主性的历史悲剧《鲍里斯·戈杜诺夫》及其他诗歌。在《鲍里斯·戈杜诺夫》这一历史悲剧中，普希金提出了沙皇与人民之间的关系、人民在历史上的作用、人民的历史命运等问题。显然，普希金对人民在历史上所起的决定性作用是给予充分肯定的。

1826年，十二月党人起义失败后不久，新沙皇尼古拉一世为了诱使普希金为宫廷唱颂歌，并进一步控制普希金的创作，解除了普希金的流放，采取两面手法把普希金调回莫斯科。尼古拉一世装出一副“仁慈”的面孔，向诗人保证，他将自上而下实行十二月党人提出的一系列改革，而实际上，尼古拉一世的统治却比亚历山大一世更黑暗和残暴。尼古拉一世的阴谋没有得逞。普希金没有被收买，相反，他在严峻考验下磨炼得更加坚强。他在1827年所写的著名的《在西伯利亚矿山的深处》一诗中，表达了他对十二月党人的深切同情和支持及对十二月党人革命理想的坚强信念：

沉重的枷锁将会打碎，
牢狱将变成废墟一片，
自由将热烈迎接你们，
弟兄们会给你们送上利剑。

20年代的后五年，普希金写成了叙事诗《波尔塔瓦》和《叶甫盖尼·奥涅金》第七章等作品，1830年秋，普希金为了办理田产过户手续来到父亲的领地波尔金诺。这时普希金已有了一系列成熟的巨大构思。他在那里写完了《叶甫盖尼·奥涅金》的最后几章，完成了他创作中向现实主义的转变；同时还写出了《别尔金小说集》《石像客人》等许多作品。

《叶甫盖尼·奥涅金》是普希金最重要的作品，它展示了俄国19世纪头三十年的社会生活，塑造了当代“19世纪青年”的典型形象。在奥涅金身上集合着“19世纪青年”的一切优缺点。奥涅金是时代的产物。1812 年战争的胜利使得先进的俄国人意识到自己国家的存在和伟大，但是俄国人也看到了欧洲式的道路，他们想走欧洲人的道路，接受欧洲的文明，发展资本主义，打碎封建农奴制的桎梏，却又割不断与旧式宗法制、农奴制俄国的联系。时代处在十字路口，在这种情况下许多人感到无所适从，不知怎么好。奥涅金就是这样一个人物，后来被称为“多余人”的典型。普希金第一个发现这种典型，第一个提出了“多余人”的主题。这个主题后来为莱蒙托夫、冈察洛夫、屠格涅夫等作家所继承和发展，形成了俄国 19 世纪现实主义文学的一大特色。

1830 年秋天被称为“波尔金诺之秋”，普希金在这一季节里获得了创作的大丰收。除了完成《叶甫盖尼 · 奥涅金》之外，还创作了包括《驿站长》在内的一系列短篇小说、《吝啬的骑士》等四篇小悲剧及童话故事《神父和长工巴尔达的故事》等许多作品。

普希金从波尔金诺回到莫斯科不久，便于 1831 年初和“莫斯科第一美人”娜塔丽亚 · 冈察洛娃结婚。娜塔丽亚常出席宫廷的舞会，沙皇尼古拉一世早已垂涎于她。为了经常看到娜塔丽亚，尼古拉一世“赐给”普希金一个通常授予贵族少年的近侍头衔，普希金感到莫大屈辱，极为愤怒，但他无法抗拒沙皇的“恩典”，只能痛苦地接受。

1832 年和 1833 年之间，普希金创作了以破落贵族带领农民暴动为题材的长篇小说《杜勃罗夫斯基》。1833 年，普希金为了创作一部反映普加乔夫暴动的小说，亲自到下诺夫哥罗德、喀山、别尔达、奥伦堡等普加乔夫起义经过的地方采访，记录有关普加乔夫起义的歌谣和传说，观察各地旧战场，后来在 1836 年完成了反映俄国历史上最大规模农民起义的长篇小说《上尉的女儿》。

1833 年 9 月，普希金从奥伦堡等地来到波尔金诺，又在那里完成了最后一部叙事诗《青铜骑士》和小说《黑桃皇后》、童话《渔夫和金鱼的故事》《死公主和七勇士的故事》等重要作品。

由于普希金的进步思想和创作威胁着沙皇的专制制度，他在思想上和社交活动中又和当时的权贵格格不入，他便成了彼得堡统治集团的眼中钉。他们终于挑起普希金同法国流亡分子丹特士的决斗。普希金在决斗中负了重伤，于 1837 年 2 月 10 日在彼得堡逝世。

普希金死了，但他作为一个伟大诗人是不朽的。在 1836 年，他写了《纪念碑》一诗：

我为自己竖立起一座非人工的纪念碑，
在人民走向那里的小径上青草不会生长，
他昂起那颗永不屈服的头颅，
　　高过亚历山大石柱之上。

不，我不会完全灭亡——我的心灵在珍爱的诗琴中
比骸骨存在得更长久，它决不会腐朽——
只要月光下的世界上还有一个诗人，
　　我的声名将永垂千秋。

这是普希金对自己一生的总结，在诗中，他表达了自己和沙皇制度势不两立的决心，正因为如此，才赢得了俄罗斯人民

和全世界人民的爱戴。他作为民族诗人的声誉，已传遍整个世界。

普希金不仅是一位站在时代前列的诗人，而且还以他的创作开辟了俄国文学的新纪元，成为成熟的、足以在世界文学中占有一席崇高地位的俄国现实主义文学的奠基人。

俄国伟大的批评家别林斯基写过一组关于普希金创作的评论，全面评价了普希金的创作，阐明了普希金在俄国文学中的作用和地位。别林斯基对普希金的评价完全为两个世纪以来的俄罗斯文学界所承认，成了俄国文学史对普希金的盖棺之论。别林斯基在评论普希金的创作时说："你在诵读普希金的带有先前学派影响的那些诗的时候，你会看到和感觉到，在普希金以前，俄罗斯曾经有过诗歌；可是，当你仅仅挑选他的一些独创的诗来读的时候，你就会不相信，并且完全不能设想，在普希金以前，俄罗斯曾经有过诗歌……"

除了民间口头文学，文学作品在俄国的出现是比较晚的。人们一般把罗蒙诺索夫的第一首颂诗视为俄国文学的开端。在普希金以前，俄国确也出现过一些诗人。俄国的第一个诗人罗蒙诺索夫只把诗歌理解为对隆重场合的"歌颂"。他在 1739 年所写的第一首诗就是赞颂俄国军队占领霍京的颂诗。别林斯基认为罗蒙诺索夫的颂诗"对我们是不可理解的，它不能使我们的想象活跃，不能震撼心灵，却只能引起我们的沉闷和打哈欠"。他"与其说是一个诗人，毋宁说是一个演说家，并且艺术的因素在他的任何一首诗里是绝对看不到的"。罗蒙诺索夫之后还出现过许多俄国诗人，其中主要有杰尔查文、康捷米尔、冯维辛、德米特里耶夫、卡拉姆辛和茹科夫斯基等。杰尔查文的诗歌比起罗蒙诺索夫来已向前进了一大步，但他的诗歌的主要性质是“修辞学”的，只是从讲究修辞向接近生活的第一步。康捷米尔主要是一位讽刺诗人，写过一些讽刺诗。冯维辛的主要作品是两个喜剧——《纨绔少年》和《旅长》，作品开始接触生活，表现现实，作为一种社会舆论是可贵的，但它“无非是讽刺文强要冒充为喜剧这种勉强努力的结果”。德米特里耶夫的寓言和童话在当时是卓越的，富有深情，它向生活和现实又迈进了一大步，但他还不是抒情诗人意味上的一个诗人，他的诗歌中“还没有诗歌这东西，但已经有了对诗歌的追求，可以看到为诗歌开辟新道路的愿望”。卡拉姆辛的一个重要功绩是改革语文，用活生生的语言代替僵死的文字，使文学作品口语化，使俄国产生了书刊读者，因为在他之前，俄国没有俄文书可读，俄国出现的少量的书只是供学者使用的。他的主要作品是一部《俄罗斯国家史》，但是别林斯基认为，“卡拉姆辛的作品今天只能是俄国语文史、俄国文学史、俄国社会思想史研究的多多少少很有意义的对象……在卡拉姆辛的作品中，一切都是和我们时代背道而驰的——无论是感情、思想、文体，抑或语言本身。在这一切里面，没有什么东西是我们的，这一切对于我们，永远是死去了”。茹科夫斯基可说是卡拉姆辛的学生，他的诗歌理想和卡拉姆辛非常接近。他有许多翻译和外国作品（主要是德国和英国的）的改作，他的创作主要有长诗《柳德米拉》《斯维特兰娜》和《十二个睡美人》。他把浪漫主义带到俄国来，然而他的浪漫主义是消极的。柳德米拉抱怨自己的命运，因而遭到了可怕的惩罚，最终被她在前线阵亡的爱人的鬼魂带进了坟墓。斯维特兰娜得到的是梦幻中的幸福，《十二个睡美人》则是一篇劝人皈依上帝的故事。所有这些诗人的作品都还不成熟，它们只是俄国文学酝酿阶段的一些试作，更由于它们各自的缺点而不足以成为真正的俄国文学的基石。它们只是一些细流，而不是大川，更不是大海，只有到了普希金，才以他深刻而全面、思想性和艺术性兼备的文学作品开拓了俄国文学的新纪元。从普希金开始才有了真正的俄国文学，有了足以和西欧文学媲美，甚至内涵更为深刻的现实主义文学。所以别林斯基断言："只有从普希金的时代起，俄国文学才开始产生了。"

普希金是集大成者。他熟知古希腊罗马文学、莎士比亚，一直到法国的伏尔泰；他对俄国从罗蒙诺索夫以来的文学更是博览贯通。他把外国和先人的成果尽行汲取，并且加以消化发展，因此他的才华不是凭空产生的。有了这样坚实的基础，再加上西欧风起云涌的革命运动、卫国战争的胜利，他的才华便得以充分施展，终于推陈出新，成就了前无古人的业绩。

普希金一生写了八百余首抒情诗、十四首叙事诗（包括未完成作品）、代表作诗体长篇小说《叶甫盖尼·奥涅金》和以《黑桃皇后》和《上尉的女儿》为代表的许多中短篇小说，以《鲍里斯·戈杜诺夫》为代表的戏剧作品和一百多篇文学评论和杂文。作品的体裁遍及抒情诗、叙事诗、小说、散文、戏剧和评论，几乎涉及所有的文学样式并取得卓越的成就。

我们在上文已经提到普希金的代表作诗体长篇小说《叶甫盖尼·奥涅金》。这部作品是足以使普希金成为俄国文学奠基人的一部巨著。它表现的是俄国 19 世纪 20 年代的社会。小说的故事并不复杂。贵族青年叶甫盖尼·奥涅金在彼得堡过厌了上流社会花天酒地的生活，恰好住在乡下的伯父病危，要他去继承遗产。他来到伯父的村子，虽然乡下的田园风光使他感到新鲜，但不久后他也厌倦了这种无所事事的生活。这时他认识了当地的另一个贵族青年连斯基，由于和连斯基的结识，又认识了连斯基的未婚妻奥丽加的姐姐达吉雅娜。达吉雅娜从小在乡村中生活，听着奶妈的民间故事长大，生性纯朴文静，不喜欢农村地主中那种庸俗的生活，当她看到从彼得堡来的奥涅金的不同凡俗，便主动写信向他表白爱情。奥涅金是个患上“时代忧郁症”的青年，对一切都不感兴趣，冷酷地拒绝了达吉雅娜的爱情。接着奥涅金又为了一点小事，屈从于贵族社会中的陋习，在决斗中打死了连斯基。拒绝达吉雅娜的爱情和打死连斯基使奥涅金无法在当地生活下去，于是他离开了这个乡村到外地去旅行。而达吉雅娜也经不起母亲的哀求，被带到莫斯科嫁给一个上了年纪的将军。几年后，奥涅金在莫斯科又遇见了达吉雅娜，他心中燃起了对达吉雅娜的爱情，可是达吉雅娜已经是一个有夫之妇，理所当然地拒绝了奥涅金的爱情。奥涅金的全部经历都源自他的“时代忧郁症”。这种忧郁症就是本文前面提到的当时贵族青年在时代十字路口所表现出来的彷徨。奥涅金是个受到西欧启蒙思想影响的贵族青年，但是和他一样代表社会觉醒的十二月党人的失败给俄国蒙上了一层阴影，使人们看不到前途，不知道何去何从，因而感到苦闷。奥涅金患上了这种“时代忧郁症”，他是一个对贵族社会不满又深受本阶级影响而不能积极行动起来反对这个社会的人物，因此他只能表现为玩世不恭而无所作为。这种人在 19 世纪 20 年代到处都可以找到。普希金首先发现了这种社会现象，通过奥涅金的形象加以概括，因此他的笔下所表现的就是这么一个在特定的时代特定的社会环境中出现的典型人物，并通过这个典型人物揭示俄国封建农奴制时代的危机和人的觉醒。别林斯基总结说：“我们在《叶甫盖尼 · 奥涅金》里看到的是俄国社会在其发展中最富有兴味的一段时间的诗情再现的一幅图画。从这个观点上看来，

《叶甫盖尼·奥涅金》是历史长诗，虽然在它的主人公里面没有任何一个历史人物。这部长诗的历史价值尤其重大，因为它在俄罗斯是这种题材方面的最初的、辉煌的尝试。”

普希金在戏剧方面也有很大的成就，虽然他的戏剧作品不是很多，大型的历史悲剧只有一个《鲍里斯·戈杜诺夫》，但是就《鲍里斯·戈杜诺夫》思想内容的深刻性、戏剧规模的恢弘和他对戏剧艺术改革的成果而言，这部历史悲剧无疑是俄国戏剧史上史无前例的巨大成就，即使在今天，它仍不失为一部完整、成熟而辉煌的戏剧作品。

普希金在《鲍里斯·戈杜诺夫》的创作中对戏剧进行了大胆的改革，当时俄国剧坛还信奉古典主义戏剧的三一律，即时间的一致（全部故事发生和结束在24小时内）、地点的一致（故事发生的地点始终不变）和情节的一致，同时整出戏必须分为五幕。显然，恪守这种清规戒律是不可能反映这样一个巨大的历史事件的。普希金摒弃了这一陈腐形式，借鉴了莎士比亚的戏剧艺术。他写了二十三场戏，故事分别发生在十九个地方，时间跨度达十年之久。戏剧创作中这种大胆的改革在俄国是破天荒的，它给俄国戏剧带来了无限生机，使俄国戏剧循着普希金的戏剧道路向前发展，从此再也没有古典主义三一律的容身之地了。

普希金在总体上说是一位诗人，但是他在散文体小说方面也有杰出的成就。1831年他写成了《别尔金小说集》，1833年发表中篇小说《杜勃罗夫斯基》，1833年至1836年他更创作了散文体小说方面的代表作《上尉的女儿》。在我们今天看来，这些小说的篇幅似乎不是十分宏大，但是它们的容量很大，而且是俄国文学的开端，在整个世界文学中，它们和西欧近代文学的发展也是同步的。近代世界文学中批判现实主义的作品，尤其是长篇小说，大致是在 19 世纪 30 年代以后才逐渐发展起来的。在最早的成熟作品中，法国作家巴尔扎克《人间喜剧》中的第一部小说《最后一个舒昂党人》发表于 1829 年，而《高老头》直到 1835 年才问世，司汤达的《红与黑》写于 1830 年，雨果的《巴黎圣母院》于 1831 年发表，而英国小说家狄更斯的第一部长篇小说《匹克威克外传》直到 1836 年才开始在报刊上连载。从这个时间表上我们已经可以看到普希金散文体小说的宝贵了。

现在我们着重来评介一下长篇小说《上尉的女儿》。小说从表面上看是写近卫军中士格里尼奥夫和白山要塞司令米罗诺夫的女儿玛丽亚的爱情故事，但小说的中心人物却是农民起义领袖普加乔夫。

格里尼奥夫在赴奥伦堡服役途中因遇暴风雪迷路，恰遇被沙皇官兵追捕的普加乔夫。普加乔夫为格里尼奥夫当向导，帮助格里尼奥夫脱险，格里尼奥夫赠与羊皮袄以表示谢意。后普加乔夫起兵，攻占了白山要塞，他认出在那里服役的格里尼奥夫，将他释放，以报赠与羊皮袄之恩。格里尼奥夫离开白山要塞，前往奥伦堡寻找部队。他的同事，为个人私利投降了普加乔夫的沙皇军官施瓦勃林被留在白山要塞镇守，欲趁机强娶与格里尼奥夫有了爱情的玛丽亚为妻。格里尼奥夫获悉玛丽亚的险情后第三次求助于普加乔夫。普加乔夫亲自护送格里尼奥夫到白山要塞，怒斥施瓦勃林，救出玛丽亚，成全了格里尼奥夫的爱情。通过这些交往，格里尼奥夫和普加乔夫建立了深厚的私人交情。在普希金笔下，普加乔夫是一个慷慨豪放、恩怨分明、疾恶如仇、富有人情味并具有非凡军事才能的庄稼汉，在他身上反映着俄罗斯民族性格的某些特征。他的形象和民间传说中的这位农民起义领袖比较一致，而不是像某些御用文人笔下所形容的那样，是个“贪利的强盗，凶残的虎狼，杀人作恶，嗜血成性”。从普希金同类题材的《戈留欣诺村的历史》和《杜勃罗夫斯基》来看，普希金对农民的困苦生活常表现出深切的同情，对于农民的造反持着“官逼民反”的态度，这是他的作品可贵的民主性之处，在当时有很大的进步意义。从1819年的《乡村》到1836年的《上尉的女儿》，我们看到普希金反农奴制的思想是一贯的，这和十二月党人的思想是一致的。

我们从上述三部不同样式的代表作中已经可以看到普希金在俄国文学中所作出的非凡的贡献；正是他一生的创作奠定了俄国文学的坚实基础，因而可以说普希金是俄国文学之父，是俄罗斯诗歌的太阳。

除了别林斯基对普希金作出全面的评价外，几乎所有19世纪的俄国大作家都对普希金作出同样崇高的评价，他们的观点和别林斯基的完全一致。最早对普希金作出权威性评价的要算果戈理，他在别林斯基对普希金作品进行全面考察之前，就在1834年发表了《关于普希金的几句话》。果戈理一开始就说：“一提起普希金，立刻就使人想到他是一位俄罗斯民族诗人。事实上，我们的诗人中没有人比他高，也不可能比他更有资格被称为民族诗人。这个权利无论如何是属于他的。在他身上，就像在一部辞典里一样，包含着我国语言的一切财富、力量和灵活性……在他身上，俄国大自然、俄国灵魂、俄国语言、俄国性格反映得如此明晰，如此纯美，就像景物反映在凸镜的镜面上一样。”俄国伟大革命民主主义批评家车尔尼雪夫斯基写过多篇评论普希金的文章，在1855年发表的《普希金文集》中也指出：普希金“在我国第一个使文学提高了为民族事业服务的价值，而在以前……文学只是‘消磨时间的良师益友’。他是在俄罗斯所有公众的心目中占有一个伟大作家在他本国所应该占的崇高位置的第一个诗人。俄国文学继续发展的一切条件已经准备好了，其中的一部分还是普希金所准备的”。伟大作家屠格涅夫在1880年莫斯科普希金纪念像揭幕典礼上发表的讲话中概括地谈到普希金对俄国社会的重大贡献，他说：“普希金对我国的贡献是伟大的，应该得到人民的感谢。他对我国的语言进行了最后的加工整理，现在就连外国语文学家都承认这种语言在其丰富、力量、逻辑和形式的美等方面几乎仅次于古希腊语；它那典型的形象、不朽的音响在影响着整个俄国生活的潮流。最后，他以他那有力的巨手在俄罗斯大地的深处升起诗歌的旗帜。”他所升起的胜利旗帜已经在高高的天空中放射出光芒！高尔基在他的《俄国文学史》中专章讨论了普希金的创作。他指出，普希金在对待人民的态度上和宫廷贵族诗人截然不同，那些宫廷贵族诗人“完全不了解人民，对人民的命运不感兴趣，而绝少写及人民”，而普希金是“第一个注意到民间创作并且把它介绍到文学里来的俄国作家”，普希金直接与人民接触，访问农民，了解他们的生活，在他的作品中深刻地反映人民的思想感情和生活。高尔基指出，“普希金最先感觉到文学是头等重要的民族事业”，“在他看来，诗人乃是人民的一切感情和理智的表达者，诗人的天职在于了解并且描写出生活的一切现象”。这就是说，普希金是第一个把文学同人民生活联系在一起，用文学反映人民生活的诗人、作家。此外高尔基还指出，普希金虽然是个贵族作家，但他的创作突破了贵族狭隘的框框，在艺术概括上走出了阶级心理的局限，因此他的作品具有惊人的真实性和民族性。

以上我们简要地介绍了几位大作家对普希金的评论，其实这只是众多评论中的沧海一粟，对普希金的评论真可以说可以车载斗量，而这只是其中的片言只字。但仅仅是这些片言只字，我们已经可以从中看见普希金对俄国文学乃至世界文学的贡献。正是由于这些伟大的贡献，普希金赢得了全俄国乃至全世界人民的热爱。他在 1836 年《纪念碑》一诗中的预言实现了——“我将蜚声整个伟大的俄罗斯土地，它现存的一切民族都将传颂我这个诗魂”。1999 年，诗人诞辰二百周年，全俄罗斯都隆重地纪念，诗人的诞辰成了所有俄罗斯人民的盛大节日。

作为一个诗人，抒情诗是普希金文学创作的一个极重要组成部分。因为抒情诗和诗人的生活、经历以及政治思想密不可分，它最能反映诗人的思想感情，诗人通过它直接抒发自己对周围事物的感受，因而抒情诗便是诗人一生活动的真实记录。

我们在本文第一节中介绍了普希金的生平。由于他的经历和自己的政治观点有着密切联系，所以在这一节中也就提到了许多反映他的政治观点的诗篇。而这一类诗篇在普希金的抒情诗中占有重要的地位，我们不得不在这里稍加重复，较具体地介绍一下这方面的诗作。

我们在上文已经提到了普希金政治思想的形成。在当时的形势下，普希金的政治热情处于非常高涨的状态。1817 年，他在启蒙思想家拉吉舍夫和十二月党人朋友的影响下写了《自由颂》。诗中大胆地揭示了俄国在封建农奴制桎梏下的严酷现实：“我举目四望，只看见到处是皮鞭，到处是镣铐，无法无天，嚣张至极，对奴役的无可奈何的号啕”。他公然挑战专制制度统治者的权力，向他们宣布：“给你们冠冕和皇位的是法度，而不是什么天神，你们高踞于人民之上，但法度却永远高于你们。”在这首诗中，普希金强调，国家应该立法，用法律来管理国家，就是帝王，也要服从法律的管束，而不能为所欲为。虽然普希金在这里表现出来的是一种君主立宪制的政治理想，但比起封建帝王专制制度来，已是大大前进了一步。这种思想极其富有鼓动性，对于沙皇专制制度不啻是一种莫大的威胁。接着，在1818年，普希金写了著名的《致恰达耶夫》，在诗中他把“翘望”“神圣的自由的时代”的焦急心情比喻为一个等待约会的情人，巴望着亲自去摧毁专制制度，表现出他追求自由的热切心情。1819年夏天，普希金重新来到他父亲的领地米海洛夫村，直接接触到实行农奴制的农村，那里还流传着许多地主欺压农民的传说，所有这一切都为诗人提供了揭露农奴制罪恶的真实素材，于是普希金写出了《乡村》一诗，愤怒声讨地主的罪行：

这里野蛮的地主，无法无天，冷酷无情，
生来就是为了残害人民，
只顾用强制的皮鞭肆无忌惮，
掠夺农民的财富、时间和劳动。
这里骨瘦如柴的奴隶
匍匐在别人的犁耙上，忍受着皮鞭的抽打，
在冷酷的地主的田地里牛马般服役。
这里，所有的人都负着重轭，永无出头之日……

普希金的诗具有一种演说的力量，爆发出强烈的愤怒和抗议，表现出“年轻的俄国”准备同压迫者进行决战的人道主义思想，成了十二月党人思想的第一份宣言，并由于它的广泛传播，产生了极其强烈的影响。

普希金的“自由诗歌”使他遭到了流放南方的惩罚。1824年，普希金遭到进一步的迫害，离开南方流放地敖德萨，被削职押往北方他父亲的领地幽禁。这时他怀着郁悒的心情和大海告别，写出了著名的《致大海》一诗，他喜欢大海的性格，因为大海可以自由地奔腾，可以尽情发泄它的愤怒，在它愤怒的时候可以掀起汹涌的波涛，可以卷起排山倒海的狂澜，摧毁拦在它面前的一切障碍。但是这时普希金将被迫离开大海，他再也不能和这象征着自由的大自然相依为伴，不免感到万分凄楚。而这时西欧的资产阶级革命正风起云涌，此起彼伏，在距他不远的希腊，争取民族独立自由的斗争正开展得如火如荼，他奉为“精神上的主宰”的英国诗人拜伦正在那里浴血战斗，他是多么想离开这令人压抑的俄罗斯土地，远走高飞，去寻求自由啊！然而他却要被转移到更为荒僻的农村去，他心中只留下对大海的两个回忆：被埋葬于圣赫勒拿岛的拿破仑——普希金曾为法国革命欢呼；死于希腊战争的拜伦。这是又一次告别自由的出自肺腑的抒发，是一首浪漫主义理想破灭的哀歌。它体现的仍然是诗人对自由的执着追求。

有关“诗人”的主题在普希金的抒情诗中占有重要地位，虽然这类诗歌的数量不是很多。我们可以举出诸如《致娜·雅·普留斯科娃》《书商和诗人的谈话》《先知》《诗人》《诗人和群俗》《致诗人》《纪念碑》这样一些作品。普希金在这些诗篇中阐明了诗人的天职、诗人的崇高品格和诗人应有的主观条件等问题，同时也反映了诗人刚直不阿、坚持自己政治信念的可贵品格。

普希金在《纪念碑》一诗中指出，他之所以能世世代代为人民所喜爱，是因为他曾用诗琴（即诗歌）唤醒人们善良的心，“在我这严酷的时代，我讴歌过自由，为那些罹难的人祈求过同情”。这就指出了诗人的创作并不是脱离人民而去吟风弄月，去抒发个人的欢乐或悲愁，甚至无病呻吟。作为一个诗人，应该用他的诗去和社会罪恶作斗争，去启迪、激发人们美好的感情，同时用他的诗去讴歌世界上的美好事物，净化人们的灵魂。这样的艺术观在当时是十分难能可贵的。正由于具有这种正确的艺术观，才使普希金成为一个站在时代前列的伟大诗人，他的诗才能突破俄罗斯诗歌古典主义和消极浪漫主义的羁绊，成了鼓舞人们和专制制度作斗争的武器。关于诗歌的社会职能问题，在《先知》一诗中也有明确的表现。普希金把诗人的地位提高到先知的高度，要求诗人“走遍天涯海角，用话语去把人们的心点燃”。

列宁说过：“在以金钱势力为基础的社会中，在广大劳动者一贫如洗而一小撮富人过着寄生生活的社会中，不可能有实际的和真正的‘自由’……资产阶级的作家、画家和女演员的自由，不过是他们依赖钱袋、依赖收买和依赖豢养的一种假面具（或一种伪装）罢了。”同样，在沙皇黑暗统治下的 19 世纪俄国，也是没有创作自由的。一个诗人要么为钱袋写诗，或者做一个御用文人，为统治阶级唱颂歌，写些无聊作品迎合贵族老爷们的口味，要么独立不羁，投身到解放运动中去，用自己的诗去鼓舞人们的斗志，向人民揭示获得自由的真理，这样，他就得准备被流放、坐牢，甚至上绞架。普希金正是选择了后一条道路。普希金是一位正直的诗人，他高傲地宣布：

我不想用谦和而高贵的诗琴

去颂扬那些人间的神明，
我以自由为骄傲，对权贵们
决不巴结讨好、阿谀奉承。
我只学习将自由讴歌，
我的诗篇只为它奉献，
我生来不是为愉悦帝王，
我的缪斯一向羞于颂赞。
……
我那不可收买的声音
是俄罗斯人民忠实的回声。

《致娜·雅·普留斯科娃》

在小叙事诗《英明的奥列格之歌》中，普希金也借星相家之口表明了他的创作态度。星相家毫不含糊地表明："星相家何惧有权有势的王公，他们也不要大公赏赐的厚礼；他们善知未来的舌头自由而公正，它唯有一心听从上天的旨意。"星相家的这段独白和上述《致娜·雅·普留斯科娃》一诗的意思是一样的。普希金认为，要做一个正直的诗人，这诗人的声音是不可收买的，诗人在任何压力下都不低头，他只服从真理，他是人民的代言人。普希金在许多诗歌中都表明诗人应"走自己的路"，"不必看重他人的爱戴"，也不必理会"愚人的评判，群俗的冷笑"。普希金并不是蔑视群众，他蔑视的是那些御用文人和权贵。他很高傲，但这高傲是对着统治阶级的，"他昂起那颗永不屈服的头颅，高过亚历山大石柱之上"，因此他的高傲才显得越发可敬。普希金对统治阶级的蔑视以及对待诗歌创作的严肃态度使他成为一个千古流芳的诗人。

爱情诗在普希金的诗歌创作中占有重要地位，他一生写下二百余首爱情诗，占了他的抒情诗四分之一还多。普希金的爱情诗都是有感而发，而不是凭空吟诵风花雪月，因此感情都非常真挚。诗人对待女友从来非常真诚，绝无虚情假意，绝不玩弄情感，就是这份真挚的情感为后人所看重，也是他的爱情诗的价值所在。

诗人只活到37岁，然而由于他不平凡的经历，先后生活在莫斯科、皇村、彼得堡、基什尼奥夫、敖德萨、米海洛夫村，后来又回到莫斯科和彼得堡，在短短的一生中接触过许多女性，在其中对他所仰慕的女友产生感情也就是情理之中的事了。由仰慕或爱情而产生爱情诗，表现的是诗人在友谊和爱情中的真实感受。这些诗歌有的表现诗人对美好情感的憧憬，有的倾吐对女友的爱慕，有的表现对女友的思念，有的回忆他的爱情生活，有的抒发和女友共享的欢乐或分别的离愁……其情感十分丰富热烈、深沉细腻，这种出自内心的情感以一种生活的美而感人至深。别林斯基在评论普希金抒情诗的时候说："爱情和友谊几乎总是一种最能驾驭诗人的感情，这种感情也就是他的整整一生幸福与痛苦的直接来源……在普希金的任何感情中总有一种特别高贵的、亲切的、温柔的、芳香的与和谐的东西。"试举几个诗节来说明普希金爱情诗的品质：

普希金的爱情诗中有一组"巴库宁娜情诗"。巴库宁娜是普希金在皇村学校读书时一个同学的姐姐，出身贵族世家，常来皇村看望她的弟弟和消夏，因而结识了许多皇村学校的学生。年轻的普希金对她爱得入迷，曾和她一起在河边散步，后来巴库宁娜回彼得堡去了。普希金见不到她，对她非常思念，因而写了《秋天的早晨》一诗，其中写道：

我在树林里郁郁地徘徊，
叨念着那绝代佳人的芳名，
我呼唤她——我那孤独的声音
只在远远的空谷里回应。
我浮想联翩，来到河边，
河水缓缓地向前流去，
难忘的倩影不复在水中颤动，
她已离去！……

这首诗非常鲜明生动地描写了普希金在心中的恋人离去之后再也不能相见的心情。他来到他们曾经一起散步过的河边，寻觅恋人留下的踪影，但恋人早已离去，他再也见不到。他声声呼唤着恋人，但他听到的只有自己呼唤的回声，于是失望、惆怅、思念、哀伤之情在胸中澎湃翻腾，一种失落感使诗人无法自已。这种心情是何等的哀伤，恋情是何等的深沉，我们仿佛听到诗人为恋人的离去而啜泣！这难道不是一种十分真挚而美好的感情吗？

普希金最著名，在中国读者中传播最广的爱情诗要算《致凯恩》。1819 年，普希金在彼得堡艺术科学院院长奥列宁家初识凯恩，当时凯恩只有 19 岁，长得美丽又聪明，立即引起普希金的注意。然而他们只匆匆见了一面，没有机会深交。1825 年，普希金被流放到米海洛夫村，他常到相邻的三山村奥西波娃家做客，没有想到竟在那里重逢阔别六年的凯恩。两人一见如故，感情非常融洽，普希金当即为凯恩写了这首诗：

我还记得那美妙的一瞬：

你在我面前飘然出现，
宛如纯真的美的女神，
宛如瞬息即逝的梦幻。

诗中描述了当年初见凯恩时留给他的深刻美好的印象，她的倩影如何萦绕在他的梦中，由于生活的波折，他对一切都感到灰心失望，然而凯恩的重新出现，又使他重新获得力量：

如今我的心灵又苏醒了，
……
我的心因喜出望外而欢腾，
在它里面又重新涌动
歌咏的偶像，涌动灵感，
涌动眼泪、生命，涌动爱情。

全诗层次分明，富有节奏感，表现了诗人对女友的思念，一个蓬勃生命的悲剧，以及爱情重新唤醒他心中灵感的力量，极富美感和感染力，无怪它在读者中传播极广，传诵不衰，成为世界爱情诗歌中一首不朽的颂歌。

普希金的爱情诗不仅感情真挚，情深意切，更可贵的是他对恋人总抱着一种豁达宽容的态度。他爱人，但决不强求他人的爱，即使他得不到爱，他也依然祝福别人得到爱，祝愿别人幸福美满。这是一种真正的爱，而不是一种占有欲。最典型的要算《我爱过您》一诗：

我爱过您，也许，爱情还没有

完全从我的心灵中消隐，
但愿它不再使您烦恼，
我一点也不想让您伤心。
我默默地无望地爱过您，
为胆怯和忌妒而暗暗悲伤，
我爱您是如此真挚缠绵，
但愿别人爱您，和我一样。

我们从这短短的八行诗中可以生动地想象到普希金当时的复杂的心情。他热烈而真诚地爱上一个女性，但对方并没有接受他的爱情；他知道不应该再用自己的爱情去扰乱对方的心，于是祝福对方得到另一个人的爱，爱得像他爱她那样真诚。这种感情是那么真实、细腻、崇高，而又带着一层哀愁和伤感，令人深深地感动。

普希金的诗歌中还有许多主题，例如友谊主题、哀歌主题和歌颂大自然的主题等等。他的诗富有人情味，感情细腻，色彩丰富，语言朴素优美，整个浸透着现实，而且散发着地道的俄罗斯风味。相信读者会更好地去体验、理解，从而得到应有的艺术享受和生活的教益。

序言二
在翻译普希金的小道上跋涉

1999年6月6日，俄罗斯伟大诗人普希金诞生二百周年，一套十卷本《普希金文集》在上海译文出版社出版。白色封面上印着彩色普希金画像，背景上淡淡的紫罗兰衬托着这个伟大的身影，透露出一缕缕浪漫的诗意。

一个珍藏在内心二十年的心愿实现了，这是花了几乎二十年全部业余时间，放弃一切业余爱好，在淡淡孤灯下历经深入研究与艰苦工作的果实，我感到一阵轻松和欣慰。

一

说到翻译普希金，还要从中学时代谈起。初中时代我对美术感兴趣，厦门解放初期，我曾帮着美术老师画了许多大幅漫画，裱在标语牌上，让宣传队的同学们举着上街为厦门的解放作宣传，也曾为市里某几个机关开会写宋体字会标，在学校里则跟着老师学绘画，为黑板报画报头、写美术字标题。我希望在中学毕业后能到杭州、上海考美术学院，将来做一个画家。然而，这仅仅是一个不切实际的梦想。我家贫如洗，幼年失怙，只靠着母亲做手工当保姆艰难度日，一切学习费用都是靠国家助学金解决。当时鹰厦铁路尚未兴建，我高中毕业到上海上学时还要从厦门乘长途汽车，经福州，再到江西鹰潭转乘火车才能到上海。而我的初中时代，交通就更不便了，这其中的盘缠对我来说无疑是一笔天文数字，远到杭州、上海考美院无疑只是一个美好而无法实现的梦想。我毅然决然打消了这个念头。到高中阶段，我的课余兴趣便转到了文学。对我来说，这种转移是很自然的，因为从小我对文学已很有兴趣，在小学阶段已从同学处借阅过《水浒传》《三国演义》等书，后来又对母亲看的《红鬃烈马》《五虎征西》《杨家将》《隋唐演义》等入迷。高中时在学校里一下课我就奔往图书馆看《人民文学》《诗刊》，当时的一些中国小说和苏联文学也看了不少，如《李有才板话》《小二黑结婚》等等。我甚至当过《厦门日报》通讯员。当时我的愿望是当作家，于是高考时我报了复旦、北大的中文系、新闻系。真是不知天高地厚啊，须知那时这两所大学的中文系和新闻系似乎只招一个班，能考上这两所大学，真比考状元还难！结果我只是由统一分配，进了我并无兴趣的上海外国语学院俄语系！

俗话说，上帝为你关上一扇门，就会为你打开一扇窗。果真如此，随着课本打开，普希金、莱蒙托夫、屠格涅夫、托尔斯泰、契诃夫……便一一映进了我的眼帘。课本都是苏联专家编的，选的全是俄罗斯文学中的经典篇章，加上以前接触过的大量苏联小说，终于激发了我对俄罗斯文学的兴趣。有一次我去逛书店，发现了一本罗果夫主编、戈宝权负责编辑的《普希金文集》，便毫不犹豫地从当月三元助学金中拿出三分之二如获至宝地买下了这本书。

我们正带着焦急的心情
倾听祖国的召唤。
……
我的朋友，我们要把我们心灵的
美丽的激情，都献给我们的祖国。
同志，相信吧，迷人的幸福的星辰
就要上升，射出光芒
……

这首《致察尔达耶夫》读得我心灵激荡，热血沸腾。普希金那颗爱国之心激动着我的心，时代不同了，但爱国之心仍然可以激励我们为祖国献出一切！几乎就是这首诗激起了我翻译普希金的愿望。

1958年毕业后，我被分配到上海新文艺出版社。当时这个出版社共有两个编辑室：中国现代文学编辑室和外国文学编辑室，我便在外国文学编辑室当编辑。这是我最满意的工作岗位了。当时有的同学被分配到外交部，实际上是出国留学，也有同学被分配到新华社当记者，我并不羡慕他们。不久，新文艺出版社和上海文化出版社、上海音乐出版社合并，成立了现在的上海文艺出版社。但是上世纪50年代末60年代初正是文艺政策非常“左”的时候，一方面要“反修”，把苏联文学都视为修正主义文学，另一方面又不许“洋人死人占领我们的艺术舞台”，我们出版的外国古典文学名著不都是洋人死人写的吗？！为此出版工作举步维艰，几乎无书可出。我们成天检查出书中有无错误，或者学习讨论文艺政策，完全不务正业。加上当时强调知识分子改造思想，要下乡下厂劳动，于是我这个青年编辑干部便顺理成章成了“劳动干部”。那些年我被下放宝山农村“劳动锻炼”，一去就是两年，回出版社后又经常下工厂劳动，到书店站柜台，1964 年又作为“四清”工作队员到奉贤、川沙参加社会主义教育运动，没等运动结束，“文化大革命”又接着爆发，我十四年美好青春便在这无休无止的劳动和运动中消耗殆尽，一事无成，连一本小册子也没轮到翻译，遑论翻译普希金!

1972 年，国务院因外交工作需要，决定在全国组织翻译出版世界各国和地区历史，并把翻译出版非洲史的任务交给上海。这任务落到上海出版系统头上。当时上海新闻出版系统正在奉贤海边的“五七干校”搞“斗批改”，便以我们出版社外国文学编辑室的外文编辑为骨干，调来原人民、教育、少儿等出版社的几位外文编辑成立“翻译连”（在“五七干校”没有出版社，只有由各单位编成的连队）。我有幸在这个“翻译连”中的一个特殊的文学组里参加翻译“苏修文学”，集体翻译《人世间》《你到底要什么？》《落角》《淘金狂》《围困》等内部发行的文学作品，无论如何我这才算第一次真正做了与自己专业有关的工作，而且也是一次实实在在的文学翻译实践。

不久，出版系统大部队回到上海市区，“翻译连”以上海人民出版社编译室的名义继续搞有关的翻译工作。“四人帮”粉碎后，编译室未解散，于 1978 年 1 月成立现在的上海译文出版社。我又成了上海译文出版社外国文学编辑室中的一员。

我满怀欣喜之情，预感到一个空前温煦的文艺春天即将来临。我又想起搞普希金的事了。还在上世纪 50 年代末，我进入新文艺出版社，编辑室有一个专用的外文书库，我发现苏联已将全世界所有著名作家的作品翻译成俄文，并且出版了他们的全集，而在我国，连一个外国作家的全集都没有，我已经萌生将来搞普希金全集的念头。在“文革”前，我国已出版了查良铮翻译的两部普希金抒情诗选，一部《欧根·奥涅金》，孙用译的《上尉的女儿》，巴金夫人萧珊译的《别尔金小说集》等普希金作品。这都是名家的译作，但是我以为，这些译作都比较零散，不成系统，而且译文风格也不一致。此外，普希金的许多作品还没有翻译出版过。于是我下定决心，要实现以我一人之力，搞出个普希金文集的愿望。

我翻译的第一个普希金作品是他的长篇叙事诗《鲁斯兰和柳德米拉》，这首长诗逾三千行，没见有人翻译出版过。但这时我家住房十分困难，连我母亲一起，一家三代五人挤在一个十二平方米的斗室，我只能等他们休息后才能工作。厨房旁有一个约五六平方米的储藏室，原来住着一个老工人，他退休回乡后，我把这个储藏室要了下来。但这储藏室是个狭长条形的小间，只能搭单人床，我便以床作为书桌，坐在小板凳上搞翻译。就这样以一年业余时间译出了这个作品，它和老翻译家梦海译的《渔夫和金鱼的故事》等七篇童话一起于1979年出版，这就是“文革”后译文社第一版的《普希金童话诗》。就这样，在1980年代初，我译出了我国第一部收录全部普希金小说的《普希金小说集》（安徽人民出版社）、《普希金抒情诗选》（安徽文艺出版社）和《叶甫盖尼·奥涅金》（上海译文出版社）。后来我的住房有了改善，我仍坚持放弃一切业余爱好，利用全部夜晚和节假日，继续翻译普希金作品，直到1999年出版十卷本《普希金文集》。这个文集中的抒情诗仍是选译的，约四百首，其余作品，包括长诗、小说、戏剧、文论等都收全了。这是我国至今唯一的一套由一个译者翻译的大型普希金多卷集。直到退休后的2009年，我将以前未译出的其余四百首抒情诗译出，出版了两卷本《普希金抒情诗全集》，这才完成了普希金全部文学作品的翻译。如今，趁着十卷本《普希金文集》重版的机会，我将全部普希金抒情诗收录，于是有了这一套十二卷本《普希金文集》，这才是普希金的文学全集，终于实现了我一生梦寐以求的愿望。

二

无论是当编辑，还是搞翻译，从业者都必须是个“杂家”，因为书稿中碰到的问题太多，上至天文，下到地理，各国历史，民族风俗，等等，无所不包。我曾遇到一部书稿，出书后书名为《核潜艇闻警出动》，说的是俄国航海家环球航行，发现许多陆地、岛屿、河海、地峡、海峡等地的故事，都是真人真事。由于译者缺乏历史、地理知识，把全部航海家和以他们名字命名的地方全部译错。译者随心所欲，不按约定俗成的译法翻译，以致所有的地方在地图上都找不到，例如白令海峡、阿留申群岛、南极的别林斯高晋海等地方均为俄国航海家所发现，并以他们的名字命名，译稿中全部随意译出，犹如今年有人把蒋介石译为常凯申一样。要翻译普希金，就必须对俄国历史，俄国风俗习惯，作家经历、作品，以及与他有关的一切人与事了如指掌。为此我做了很多研究工作，俄国历史、俄国文学史，甚至世界通史，以及作家评传、有关历史人物的回忆录等都找来阅读，尤其是与普希金同时代以及后来的俄国作家和苏联作家对普希金的评价，都尽量涉猎。普希金所处的时代正是19世纪初叶俄国解放运动贵族革命阶段，“十二月党人”的革命活动与普希金的经历和作品息息相关，是非掌握不可的知识，否则就不能理解普希金的《致恰达耶夫》《自由颂》，以及《叶甫盖尼·奥涅金》等作品。而读了别林斯基、车尔尼雪夫斯基、赫尔岑等批评家的评论就能更进一步深入理解普希金的作品。例如赫尔岑有一段话对奥涅金这个人物做了极其精辟的分析，他首先指出《叶甫盖尼·奥涅金》这一作品“是在紧跟十二月十四日以后的悲惨岁月影响下成熟的”，而奥涅金这个人物的出现，“在俄国是必然的，你在俄国到处都可以看到他。奥涅金是一个无所事事的人，因为他从来没有什么事要去忙的；这是一个在他所安身立命的环境中多余的人，他并不具有可以从这种环境中脱身出来的一种坚毅性格的必要力量……他什么事都做过，可是什么事情都没有做到底，他想的多，做的却少，在二十岁上就已经是一个老人，可是到老年时他却因爱情而年轻起来了。好像我们大家一样，他老是在盼望什么事情，因为一个人还不至于这样无知，以为俄国的现状能够长期保持下去”。这段话对于理解奥涅金这个人物极有帮助，是赫尔岑第一个确定了奥涅金是一个“多余人”，从此在俄国文学中“多余人”成了一个类型人物。在莱蒙托夫、冈察洛夫、屠格涅夫等作家笔下，这类人物典型又频频出现。

在广泛阅读有关作家的普希金评论的基础上，我足足花了一年多业余时间，从几百万字中外文资料中选编了一部六十余万字的《普希金评论集》，收录了俄国与欧洲作家的评论近五十篇，并翻译出版。这部评论集在普希金研究者中产生了一定影响，在他们的研究论文中常看到引用本书的论述。有些研究者在后来另行编纂的评论集中还转载了本书的部分篇章。

除了以上所说译者的知识量之外，对文本的研究也贯穿着整个翻译过程。是否正确理解原文，决定了译文的准确度。常常看到一些译文，由于译者没有深入研究原文，或者不求甚解，或者是望文生义就匆匆下笔，结果误译了原意。例如普希金诗中有一首《给黑心乔治的女儿》，这首诗反映的是19世纪初塞尔维亚人民反抗奥斯曼土耳其统治的民族解放运动，其中黑心乔治是塞尔维亚民族解放运动的领袖。诗中有一个短语，直译为“月亮的暴风雨”。月亮和暴风雨有什么关系，令人费解，而译者在没有理解原文的情况下硬译为“月下雷神”，又不作注解，同样无法令人理解。其实查查有关资料，就知道这里的“月亮”指的是“新月”，即奥斯曼土耳其，因为奥斯曼土耳其是伊斯兰教国家，以“新月”为标志，而“暴风雨”在这里应转义为“灾难”，这个短语的意思是“土耳其的灾难”，可译为“新月的灾难”，即指黑心乔治。再举一个例子，在抒情诗《小城》中，我们看到一段译文：“还有你，可爱的诙谐者/你把梅里波敏娜的/宝剑和厚底靴/竟送给了塔莉”。译者没有作任何注解，我们不能理解为什么可爱的诙谐者不能把梅里波敏娜的宝剑和厚底靴送给塔莉。这里译者显然不了解这两个人物的身份，没理解其中说的是什么事。其实查查资料就知道，梅里波敏娜一般译为墨尔波墨涅，是希腊神话中缪斯之一，主管悲剧，即悲剧女神，而塔莉一般译为塔利亚，也是缪斯之一，主管喜剧，是喜剧女神，因此诗中“可爱的诙谐者”（指俄国寓言作家克雷洛夫）把墨尔波墨涅的宝剑和厚底靴送给顽皮的塔利亚，意思指把悲剧专用的服饰、道具宝剑和厚底靴用到喜剧上去了，这是说明克雷洛夫的诙谐。

普希金作品中的一些常用词语如不作研究、斟酌和查考，也容易译错。例如“半夜（полночный）”这个词除了“半夜”这个主要含义外，在普希金的用语中常取“北方”之义，例如把

"夜"和"诗人""国度"连用，应译为"北方诗人""北方国家"，可是许多译者却译为"夜晚诗人""黑暗国度"。又如"再见（прости）"这个词，有两个含义，即"再见"和"请原谅"，如果不认真研究，常常用反。而犯这种低级错误的译者并不在少数，我在翻译过程中正因为做了许多查考、勤查词典和资料的工作，才避免了前人和同行的许多误译，从而保证了译文的正确。

对译文做反复推敲、修改，力求准确表达，这是翻译工作中的常态。人们常把王安石的"春风又绿江南岸"作为古人"炼字"的范例，其实，翻译过程也是个"炼字"的过程。在众多同义词中用哪个词最能准确表达原意，最能表达诗中的意境、诗人的风格、原作的语气，表现最准确的修辞色彩，在落笔时都颇费思量。有一首诗，我译了近四十年，至今仍不甚满意，无法最后定稿。那就是读者很熟悉的《致凯恩》。普希金在彼得堡初见凯恩，即为她的容貌所倾倒，然而匆匆见了一面，就没有机会再相见，直到六年后，在流放地重逢凯恩，他的感情一下子爆发，为重逢凯恩而万分激动。最后三节上世纪 80 年代时我译为"在偏僻的乡间，在幽禁的日子/我无所希求地虚度着光阴/失去了歌咏的对象，失去了灵感/失去了眼泪、生命，失去了爱情//如今我的心灵又苏醒了/你又在我面前飘然出现/宛如纯真的美的化身/宛如瞬息即逝的梦幻//我的心在欢乐中激烈地跳动/在它里面又重新萌生/歌咏的对象，萌生了灵感/萌生了眼泪、生命，萌生了爱情//"。最后一节用的"萌生"，我太不满意了，因为"萌生"表示刚刚萌发了一点点，这完全不能表达普希金当时如山洪暴发般的感情，但为了和"爱情"押韵，又不能用"发生""产生"等词。现在我将这一节改为"我的心因喜出望外而欢腾/

在它里面又重新涌动/歌咏的偶像，涌动灵感/涌动眼泪、生命，涌动爱情//”。那种激动的心情似有所表达了，但能不能表达得更好呢？我还在思索。类似的情况在翻译其他作品时也常常遇到。

普希金的代表作诗体长篇小说《叶甫盖尼·奥涅金》是一部以极其严格的格律写成的叙事长诗，全书以约四百首四音步抑扬格十四行诗组成。普希金为这种十四行诗创造了一种格律，称之为“奥涅金诗节”，我称之为“奥涅金诗体”。这种诗体把每首十四行诗分为四节，前三节各四行，最后留下两行自成一节。第一节的四行，韵式为abab，即一三行押韵，二四行押韵，相应的音节为9898，即一三行各由九个音节组成，二四行各由八个音节组成；第二节的四行，韵式为ccdd，即一二行押韵，三四行押韵，相应的音节为9988；第三节的韵式为effe，相应的音节为9889；最后两行押一韵，为gg，以88音节组成。上世纪80年代初我着手翻译这部长诗时，对如何译好它颇费心思。当时国内已有查良铮和吕荧等译本，他们都没有用与普希金相应的格律译这部长诗，而以中国旧体诗常用的隔行押韵的办法表达。我在反复阅读这些十四行诗时又发现，诗中的完整句常常和普希金规定的韵式不一致。例如有的完整句由三行组成，有的完整句由五行或七行组成，这样一来，一个完整句可能被置于第一节和第二节的半当中，而第二个完整句的头几行又被置于上一个小节的末尾……在结构上很不和谐，即内容和形式有矛盾。例如按“奥涅金诗体”韵式译成的第一章第五十节：

> 会来临吗，我获得自由的时日？
> 来吧，来吧，我在向它吁求，

我在海滨踯躅，等待着天时，
向飘过的海船频频招手。

何时我才能沿着自由的海路，
在风暴掩护下，同浪涛角逐，
开始我那自由的逃亡？
我该离开这乏味的海疆，

抛开这与我为敌的海岸，
在南方微微泛起的涟漪中，
头顶着我那非洲的天空，
为幽冥晦暗的俄罗斯悲叹，

我在那里爱过，饱受风霜，
在那里我把心儿埋葬。

这首诗包含着三个完整句。第一个完整句是头四行，完整句正好和规定的韵式合拍。但第二个完整句只有三行，到全诗的第七行"开始我那自由的逃亡"，第三个完整句是余下的七行。按"奥涅金诗体"处理，第二个完整句只占三行，这一小节便在规定的韵式中呈残缺状态；第三个完整句的第一行必须置于第二小节的最后一行，和第二个完整句余下的后半段共同组成一个小节……在这样考虑之后，为了让诗的内容（句子）与形式（音韵）尽可能一致，我决定采取以不同组合的办法仍以十四行诗的形式译《叶甫盖尼·奥涅金》。作为一种探索，看着效果如何，等以后有机会再想办法完善它。就以上引这一节诗为例，我将它另行分组，译成：

我获得自由的时刻会来临吗？
来吧，来吧，我在向它吁求，
我在海滨踯躅，等待着天时，
向飘过的海船频频招手。

何时我才能冒着风暴的喧腾，
同浪涛搏斗，顺着自由的海路，
开始我那自由的航程？

我该离开这寂寞的海岸了，
我将抛弃这敌视我的海涯，
在南方微微泛起的涟漪中，
在我的非洲的天空底下，

为乌云密布的俄罗斯悲伤，
我在那里尝过苦痛，爱过，
在那里我把心儿埋葬。

我的译本在三十余年中印行了三十余万册，受到读者一定程度的欢迎，我仍珍惜它。但是近几年来许多译家都主张在译文中移植原作的格律。我认识的前辈和朋友中就有这样的译家，如屠岸先生、余振先生、智量先生、黄果炘先生等都有这样的主张，而我在长期的译诗过程中也逐步体会到这种主张的合理性。译诗从不理会原作的格律到移植、体现原作的形式，从而完整地表现原作的形式和内容，黄果炘先生称这种现象为“译诗的演进”，认为这是一种趋势。因此我在年届八十的耄耋年纪，决定重新拿起笔，仿照普希金的“奥涅金诗体”的格律重新翻译《叶甫盖尼·奥涅金》。经过一年多的努力，我在2015年完成了这个译本的翻译，并且在朋友们的大力支持下，于翌年顺利出版，完成了另一次探索。这个译本的出版并不意味着否定前一个译本，因为两个译本都有它们存在的价值，所以我把新译本称为第二译本，而让第一译本继续印行。读者究竟喜欢哪个译本，就由他们自己选择吧。

至此，经过了四十年的跋涉，我已基本在翻译普希金文学作品的崎岖小道上走到了终点。由于年事已高，体力不济，今后只能做一些力所能及的修修补补的工作，参加一些有关的活动，希望有更多有志于传播普希金的人士把普希金的作品译得更加完美。

冯　春

2018年2月初稿

2021年6月修改

目 次

一八一三

一八一四

一八一五

一八一三

致娜塔丽亚[①]

为什么我不敢说出这一点？
马尔戈迷住了我的心[②]。

一次偶然的机会，我了解到
丘比特[③]究竟是个什么人；
我那热烈的心灵迷醉了；
我堕入了情网——我必须承认！
幸福的时光如飞逝去了，
那时候，我不懂得爱情的苦痛，
只是虚度光阴，把歌儿唱唱；
那时候，我像仄费洛斯[④]那轻风
飘翔在戏院里和盛大的舞会上，
飘翔在游艺会和娱乐场之中；

---

① 这首诗是现存最早的普希金皇村学校时期诗作，写给皇村 B. B. 托尔斯泰农奴剧院的女演员。
② 题词摘自法国 18 世纪作家德 · 拉克洛的讽刺诗《致马尔戈》。原文为法语。
③ 罗马神话中的爱神。
④ 希腊神话中的西风神。

那时候，我恶意地嘲笑爱神，
对于那些可爱的女性
写了许多讽刺的诗文；
可我的嘲笑实在是白费劲，
到头来自己落入了情网，
自己呀，唉！就像发了疯。
嘲笑和自由——都给我滚开吧，
现在我的角色是塞拉东①！
而不再是那严厉的加图②，
我看见了娜塔丽亚美妙的玉容，
就像那可爱的女祭司塔利亚③，
于是丘比特飞进了我心中。

娜塔丽亚！我必须向你承认，
你已经使我如痴如醉，
我还是第一次倾心于女性的
美丽，说来实在是惭愧。
一整天，尽管忙得团团转，
我心中也只记挂你一个人；
夜幕降临了——在虚幻的梦想中，
我看见的也只有你的倩影，
我看见可爱的人儿仿佛和我

---

① 法国17世纪作家于尔菲小说《阿斯特雷》中的主人公，一个多情的牧童。
② 加图（前234—前149），古罗马政治家和作家。
③ 希腊神话中缪斯之一，主管喜剧。

在一起，穿着轻柔的衣衫，
那娇喘是多么羞怯、甜蜜，
洁白的胸脯使白雪黯淡，
在我面前不停地晃动，
她那双明眸半睁半闭，
还有静谧夜晚的深沉夜色——
这一切都使我狂喜不已！……
我单独在凉亭和她在一起，
看见……那纯洁的百合花①，
我颤栗，苦恼，目瞪口呆……
于是惊醒了……只看见黑暗
笼罩着我那孤独的卧榻！
我发出一声深深的叹息，
那懒洋洋的睡眼蒙眬的春梦
已展开双翼远远地飞去。
我的恋情变得愈加热烈，
由于为爱情所苦苦折磨，
于是我变得越来越虚弱。
我的心时刻都在向往着……
向往着什么？——我们当中
谁也不会公开对太太们叙说，
只是这样那样敷衍应付，
我则照自己的办法去说明。

① 喻女性的胸脯。

所有钟情的男人都想要
领略一下没有领略过的事；
这是他们的特性——真叫我惊奇！
我倒愿意做个菲立蒙，
身上裹着宽大的长衣，
神气活现地歪戴着帽子，
到傍晚时分，形影不离，
拉着安纽塔[①]的玉手去散步，
悄悄地对她说：她是我的！
对她把爱情的苦恼倾吐。
我倒愿意让你像娜佐拉[②]
那样，用你多情的目光
竭力向我示意，叫我留下。
我也愿意做白发的老头——
轻飘可爱的罗丝娜[③]的监护人，
被命运抛弃的苦恼老汉，
戴着假发，还披着斗篷，
把那滚烫的无礼的右手
伸向雪白而丰满的胸中……
我倒愿意……可是一只脚
难以跨过茫茫的海洋，
虽然我是那么热烈地钟情，

① 菲立蒙和安纽塔是俄国18世纪剧作家阿勃列西莫夫歌剧《磨坊主——魔法师、骗子和媒人》中的人物。
② 意大利作曲家萨基尼（1730—1786）歌剧《被愚弄的守财奴》中的人物。
③ 罗丝娜和她的监护人是法国18世纪喜剧作家博马舍喜剧《塞维利亚的理发师》中的人物。

但我已永远离开了你，
从此失去了所有的希望。

　然而，娜塔丽亚！你并不知道
谁是你的多情的塞拉东，
你也还没有好好地领会
为什么他不敢对你凭空
存着希望。哦，娜塔丽亚！
让我再向你倾吐苦衷：

　我不是主宰宫闱的帝王，
我不是黑人，也不是土耳其人。
你可不能那样对待我，
像对待彬彬有礼的中国人，
像对待粗暴无礼的美国人。
也不要把我看作德国佬，
头上戴着椭圆形的便帽，
手里拿着杯子，斟着啤酒，
嘴里还把烟卷儿叼牢。
不要把我看作近卫军，
戴着铜盔，佩带着长刀。
我不喜欢隆隆的炮声：
我不让长剑、马刀和斧头
为了亚当那样的罪孽
束缚住我的自由的手脚。

"你究竟是谁，絮絮叨叨的多情人？"
瞧瞧你面前那高高的围墙吧，
那里是沉静的永久的黑暗；
瞧瞧你面前那拦住的窗户吧，
瞧瞧那边燃起的灯火……
你就知道我是个修士[①]，娜塔丽亚！

① 普希金曾把皇村学校喻为修道院，因此说他这个学生是个修士。

修　士

第一歌

圣洁的修士，堕落，裙子

　我想歌唱地狱里的魔鬼
怎样被大胡子老头骑到背上，
他怎样搞到一顶黑色的修士帽，
怎样把修士推进罪人的一帮。

　爱情的歌手，家住费内[①]的老头，
伏尔泰，如今我专程来登门拜访。
告诉我，你的琴弦藏到哪里了，
在《圣女贞德》中我对它实在很欣赏，
告诉我，你的画笔又在何方，
难道就没有人一辈子也找不到它们？

① 即费内-伏尔泰，法国边境名城，靠近侏罗山脉和瑞士边境。

伏尔泰！法兰西帕耳那索斯①的苏丹王，
我并不想骑上珀伽索斯②驰骋，
我并不想让缪斯变成贵妇人，
但只要你赐给我那把黄金的诗琴，
我就会带着它在全世界享有盛名。
你皱起眉头对我说道：我不能。
而你是个被阿波罗③诅咒的诗人，
你把淫诗涂满小酒馆的墙头上，
在赫利孔山④下和维永⑤滚下泥潭，
巴尔科夫⑥，你能不能给我帮帮忙？
你含着冷笑把你的小提琴给了我，
还答应给我美酒和半个诗神：
“只要你拿我做榜样照此干下去。”
不，不，巴尔科夫！我不要你的小提琴，
我脑子里想到什么，我就唱什么，
让诗句连着诗句自由地飞奔。

在离那美好地方不远的处所，
在那里勇猛顽强的伊凡大帝
曾头戴金色十字架名闻天下，

---

① 希腊神话中太阳神阿波罗和文艺女神缪斯的灵地。
② 希腊神话中生有双翼的神马，它的蹄子踏过的地方常有泉水涌出，诗人可以从中获得灵感。
③ 希腊神话中的太阳神，主管光明、青春、医药、畜牧、音乐和诗歌等。
④ 诗神缪斯居住的地方。
⑤ 维永（1431—1463），法国抒情诗人。
⑥ 即伊·谢·巴尔科夫（1732—1768），俄国诗人，其黄色诗歌在社会上被传抄。

在密林深处，幽暗荒蛮的野地，
有一座修道院；在荒凉幽僻的围墙里，
一个白发的修士已上了年纪，
用圣洁的生活和祈祷拯救自己，
正平静地走向自己生命的终极。
我们的苦行僧生活得并不富裕，
他不会因为奢侈而落进地狱。
他只有一只猫，一部《诗篇》[①]和念珠，
一俄升伏特加，一顶修士帽和法衣。
走进修士平静居住的屋子，
你不会看到堆积如山的黄金，
没有大理石雕像让你赏心悦目，
墙上也没有挂着拉斐尔的作品。
你只会看到一把三只脚的椅子，
墙角上搁着一只半俄尺的凳子，
修士就坐在那上面睡觉和进餐，
凳子上也没有蓬松的羽毛褥子。
修士不能舒服地躺在褥子上，
床单下面也没有柔软的床垫，
这圣洁的神父一年到头持斋，
在他的修道小室里度过一整天，
他吃得很饱，睡觉，时刻祷告上帝，
低声细语祈求着：“求上帝赦免。”

① 《圣经》中的一篇。

而你，修士，不安分的耶稣会教士！
现在你应该脸红，如果你还能
脸红，如果你还有一点点良心；
你也该脸红，富裕的卡尔迈勒[①]僧人，
你也该懂得羞耻，伯朝拉修道院的修士，
主宰心灵与灵魂的谦恭君子……
可是，诗琴，且住！热衷于抨击教士
已经让我的诗篇离题万里；
激怒神父可不是我们的活计。

潘克拉季在幽居中生活得很快乐，
他渴望着能够尽快进入天国，
但是世界上并没有一块净土
能保护我们不受魔鬼的诱惑。
在那黑撒旦被严厉看管的地方，
他愤恨得直啃着自己的魔爪，
突然他打听到，通往修道院的大路上，
所有设置的障碍都已经撤下。
突然所有的小鬼都成群跃起，
展开双翼朝空中奋力飞去——
有的到巴黎去找秃顶的夏特勒修士[②]，
带着戈比和许多黄澄澄的金币，
有的到梵蒂冈去找啤酒肚意大利人，

① 指卡尔迈勒僧团。12 世纪十字军东征时在巴勒斯坦卡尔迈勒山成立的天主教僧团。
② 指 11 世纪在法国夏特勒谷建立的修会会员。

给他们送去布尔冈红酒和通心粉，
有的变成姑娘去和主教同眠，
有的变成少年去和修女鬼混。
我曾听说，仿佛有一个神父，
他的一只脚已经跨进了坟墓，
可还在教堂里为新婚夫妇祝福。
一个魔鬼带来一大群爱神，
诵经士突然在唱诗班席位上打鼾，
神父愣住了，眼睛直瞪着姑娘，
而姑娘则往助祭身上傻看，
新郎气得浑身热血沸腾，
魔鬼便把他们统统带进地狱中。

漆黑的夜幕缓缓地升上天际，
城市里日常的喧闹已经静息，
一轮明月照临修士的窗户，
把全部精神灌注到祷文之中，
我们的潘克拉季跪在尼古拉圣像前，
叹息着频频向圣像磕头鞠躬。
莫洛克（这是魔鬼的名字）来了，
藏进潘克拉季的黑色长袍里，
圣洁的修士祈祷了又再祈祷，
叹息了又叹息，可魔鬼还在长袍里，
过去一小时，莫洛克还纠缠不已，
过去两小时三小时，魔鬼还不离去。
“你肯定是我的。”他一直在自言自语。

于是我们的老头儿不再画十字。
他在凳子上坐下，揉揉眼，打哈欠，
一边祈祷一边伸三次懒腰，
他又打了次哈欠，差点睡着了。
可是不！潘克拉季突然睡意全消，
于是魔鬼又来引诱这修士，
为让他入睡，他读起鲍勃罗夫[①]的诗，
修士觉得无聊，他感到惊奇，
他在祈祷上帝时从来不迷糊。
但他已浑身无力，十字架，《诗篇》，
已忘得一干二净，苍白的头颅
就像一只苹果，滚落在胸前，
手从额头上垂落到了膝盖骨，
祈祷书从手上掉到桌子底下，
修士睡着了，像老牛打起了呼噜。

苦恼人！你睡吧……潘克拉季突然清醒，
他战战兢兢前后看了一下，
一边画十字，一边从床上坐起，
他环顾四周，油灯已结起灯花，
在自己周围撒下微弱的灯光，
屋角里似乎有样发白的东西，
修士走过去，怎么？是一条裙子。

① 谢·谢·鲍勃罗夫（1763—1810），俄国神秘主义诗人。

"我看见了什么！……难道这是一场梦？"
修士叫了起来，惊呆了，面如白纸，
"怎么会！这是什么？……"他不敢想下去，
呆若木鸡，站在白裙子前面，
哑口无言，面红耳赤，浑身战栗。

阻止爱火燃烧的唯一障碍，
奖励情人最最甜蜜的礼物，
女性曼妙玉体的唯一遮蔽，
啊，裙子！我在对你倾诉，
我把这些诗句向你奉献，
爱情啊！请赐给我的笔更多的灵感！

我爱你，啊，至为珍贵的裙子，
当娜塔丽亚在傍晚时分等候我，
宽下那锦缎制成的萨拉方时候，
只有你穿在她那袅娜的身上。
那时候还有什么更令人着魔？
而你缠绕在她那美腿的周围，
比小溪的清流更加剔透晶莹，
你触摸着她那些地方，就在那里的
玫瑰和百合花中栖息着青春之神。

或者犹如费隆追逐着赫洛亚①，

① 费隆和赫洛亚，诗中虚拟的男女少年。

千方百计想把她拥入怀抱，
苍翠的灌木丛突然将你挂住……
她只好停住脚步，满脸羞臊。
但为时已晚，费隆已把她追到，
和她一起滚落在芬芳的草地，
那为爱情而心花怒放的牧人
伸出一只火热滚烫而颤抖的手
把你的裙裾小心翼翼地撩起……
她向他投去含笑的懒洋洋的目光，
于是他……不，我不敢再想象下去。
我浑身战栗，心儿怦怦直跳，
读者们，你们的热血说不定也在
随着情热而沸腾，谁知道这秘密？
但是我们的修士对裙子的想法
却和我不同（我没有出家，还年轻，
幸福一点也没有亏待过我）。
他看到裙子，这没有让他高兴，
他心中立刻明白是怎么一回事，
知道已落入魔鬼的魔爪之中。

第二歌

痛苦的思考，梦，解脱的办法

当幽暗的夜色还没有悄悄退去，
当月亮的光辉依旧在天空倾泻，
那条裙子仍然在眼前出现。

一旦嫣红的朝霞照临大地，
那裙子便出其不意从眼前消歇。

　　呜呼，我们的修士可失去了平静。
他睡不着，也不给他的猫抚爱，
他再也想不到教堂中的读经台，
灾难从四面八方向潘克拉季袭来。
他想："怎么回事，在我的修道院里
从来就不曾有过小狗和鬼怪，
我一辈子就没见过这里有裙子，
谁能把它带到我的屋里来？
主啊，饶恕我，是不是我在胡思乱想？
难道，我真不敢说出来，这儿有姑娘。"
修士满脸通红，不知怎么办。
屋角里凳子下，他到处寻索奔忙。
全是徒劳，老头儿什么也没找到，
他整天像个幽灵到处游荡，
不吃不喝，没睡过一个安稳觉。

　　白天过去了，接着黑夜来到，
到处都把油灯和蜡烛点亮。
修士已从头上摘下修士帽，
他躺下睡觉。但是明月的亮光
刚刚从天上照临他的窗户，
同时也突然照亮了凳子上的裙子，
心有余悸的修士便眯起了眼睛，

为了免得落入被诱惑的境地，
他真巴不得让眼睛一辈子失明，
只要不再看到那条裙子。
老头儿嘴里哼哼着翻过身去，
全身紧紧地裹在暖呼呼的被单里，
闭上眼睛，睡着了，鼾声响起，

莫洛克突然变成一只苍蝇，
飞进来在他周围嗡嗡直叫。
他飞啊飞啊，在房间里到处乱转，
最后竟在修士的鼻子上落脚。
他又来诱惑修士潘克拉季，
修士打着鼾，他的梦很是奇妙。

他仿佛置身于一片谷地之中，
他站在香桃木下，周围尽是花丛，
他身旁是一大群萨堤罗斯[①]和法翁[②]。
有的笑着将冒泡的美酒斟入酒盅；
乌黑的头发上缠绕着翠绿的常春藤，
一串串葡萄从头上垂挂下来，
脚边搁着轻巧的神杖一根，
--一切都说明，他是永远年轻的巴克科斯[③]，
快乐的神灵，萨堤罗斯们的保护神。

---

① 希腊神话中的森林之神，是个半人半羊的怪物，性好欢娱，耽于淫欲。
② 罗马神话中的农牧之神，半人半羊。
③ 罗马神话中的酒神。

有的吹起了牧童常用的短笛，
歌唱着爱情，而那心灵的君主
让他的笛声响起快乐的颤音。
一群小孩和青春少年少女
在菩提树下跳起了快乐的环舞。
稍远些，在那蓊郁的树木穹隆下，
在枝叶繁茂的树木浓荫之中，
一对对情侣相拥着为爱情所激动，
在欢畅和甜蜜缱绻的欢乐中
微微地喘息，在行乐中筋疲力尽，
双双对对躺卧在玫瑰的花丛。

　修士用惊慌的眼睛观察着这一切，
一会儿往酒杯中投去他的视线，
一会儿边叹息边瞧着那一群少女，
他苦恼地用手挠挠光秃的前额，
呆若木鸡，嘴巴张得一俄尺宽。
突然他心中感到一阵冲动，
一怒之下，他把修士帽往旁边一拉，
像个没胡子的少年侍从和骏马，
冲进苍翠的树林，去追逐女娃。

　那迷人的女娃飞跑得像仄费洛斯，
比老鹰还快，比诗琴的乐音还快些，
但我们的修士仿佛是个埃俄罗斯①，

---

① 希腊神话中的风神。

他不停地追赶那个新的达佛涅[①]。
他嘴里咕噜着："我这回可不会脱靶。"
但魔鬼突然从灌木丛后面闪现，
用裙子抽打潘克拉季的面孔，
树林里的美妙景象突然不见。
他已看不见小溪、山冈和仙女，
法翁不见了，丘比特也展翅飞去，
而那迷人的女娃也不见踪迹。
修士独自站在荒野的草原里，
他皱起眉头；天边暮色渐浓，
突然响起巨雷，击中了修士，
潘克拉季哇的一声突然惊醒。

　他惊慌失措，频频往四下里张望，
天空上燃烧得像那红宝石一般，
朝霞已将东方染红了一片。
裙子不见了。潘克拉季起来梳洗，
他做着祈祷，突然大放悲声，
他在窗口坐下来，悲痛万分。
他想："啊！你为什么要发怒？
主啊，我对你犯过什么过错？
魔鬼要这样把我当罪人折磨？
我不想睡觉，我要向你祈祷，
我刚刚拿起《诗篇》，裙子就出现。

① 希腊神话中的女神，后化为月桂树。此处作少女解。

我想小寐一下，夜里就做梦，
我梦见了什么？真让我羞愧难言。
请你倾听奴仆虔诚的祈祷，
主啊，别让我遭受魔鬼的试探！”
上帝听见了老头儿发出的祈祷，
老头儿的心头立刻就豁然开窍，
这白发苍苍又老实又可怜的老头，
突然就变得像牛顿一样灵巧。
他反复考虑、揣摩对比，有了主意，
高高兴兴地翻倒了那只椅子。
他像那拯救了锡拉库萨①的智者，
在街上奔走，不惜赤足裸体，
他为自己的发现欣喜若狂，
“找到了，找到办法了！”他高声宣示。
“这下可好了！”他想，“我终于能摆脱
魔鬼和裙子的纠缠，可爱的少女
再不会到梦中来把我引诱迷惑。
我又可以过起修士的日子，
战战兢兢地等候最后的时刻，
坚持信仰，一切便都稳妥。”
他这样想道，可是完全想错，
不可战胜的厄运，全世界的主宰，
要拿潘克拉季像玩偶一般取乐。

---

① 意大利西西里岛城市，历史上阿基米德曾以自己的智慧为这城市解围。

修士把清水装满自己的水罐，
对着它喃喃地念上一些祷文，
准备去和地狱恶斗一番。
他在等着裙子出现，而恶魔
也在整天做他的准备工作，
他浑身燥热，沾满泥污和汗水，
要赶在月亮升起前把事情办妥。

第三歌

被逮住的魔鬼

啊，为什么神奇美妙的大自然
没有赋予我柯勒乔[①]那样的才能？
如果是那样，那致我死命的热情
就不会让我成为诗山的臣民。
我就不会让墨水弄脏手指，
不会在阁楼上到处撒满废纸，
无论如何也不会坐在书桌前
像姑娘坐在绣架前一般写诗。
我会用充满信心的手拿起画笔，
把手中的香槟美酒一饮而尽，
像提香[②]或者热情洋溢的阿尔班[③]，
以激越的热情在画布上恣肆纵横。

---

① 柯勒乔（约 1489—1534），意大利画家，文艺复兴盛期代表人物。
② 提香（1490—1576），意大利文艺复兴盛期威尼斯派画家。
③ 阿尔班，17 世纪意大利画家。

我会表现出娜塔丽亚的全部丽质，
让一缕青丝挂在她丰满的胸前。
她的头上戴着芳香的玫瑰花冠，
可爱的双腿裹着塔利亚的衣裳，
腰间系着塞浦律斯①的金色腰带。
画笔将让我百倍地幸福欢畅。

我也可以用韦尔内②或普桑③的色彩
让画布上缓缓地流动江河的波浪，
在炎热炙人的南国天际上边，
夜间冉冉升起沉思的月亮。
我可以表现一座灰蒙蒙的悬崖，
那上面高峻的围墙长满青苔，
喧闹的海洋正把这悬崖拍打。
而在微风吹拂的滚滚波涛里，
在晶莹的浪花飞溅的波峰边上，
一叶小舟在白浪里随风飘荡。
我也可以将康捷米拉④描绘，
描写她的美貌……我乐于抛弃诗琴，
永远离纯洁的缪斯远走高飞。
但我来到这世上不是鲁本斯⑤，
我拼凑韵脚，而不是献身绘画，

① 爱神阿佛洛狄忒的另一名称，因塞浦路斯岛得名。
② 韦尔内（1714—1789），法国风景画和海景画家。
③ 普桑（1594—1665），法国画家，绘有雄伟壮丽的风景画。
④ 虚拟的女子名字。
⑤ 鲁本斯（1577—1640），佛兰德斯画家。

且让马尔蒂诺夫的画笔醉倒我们，
我还是重新往帕耳那索斯攀爬。
我拿出英雄气概来实现梦想，
重新拿起我的墨水瓶和稿纸，
再来继续写作我的诗章。

　　如今白发的潘克拉季在做些什么？
他那毛茸茸的敌人又有何动静？
福玻斯[①]已经不再照耀大地，
夜幕已经从四面八方降临。
雾霭隐去了林丛的本来面目，
三三五五的星星在闪耀着光芒……
月亮透过树梢在高处闪亮……
修士不死不活地坐在神像下
画着十字，喃喃地祈祷上苍。
突然那条裙子又出现在眼前，
它白花花的，像轻盈飘荡的幽灵，
像再次落到莫斯科河石岸上的雪花……
修士霍地站起来，脸红得像火焰，
像迷人的时髦女郎血红的双唇，
他抓起水罐，心中怒火狂燃，
将所有的清水泼向那条白裙。
啊，真是奇迹！……幻影顿时消失，
接着莫洛克头上长着犄角，

① 希腊神话中的太阳神，一说是阿波罗。

拖一条尾巴，在他眼前出现，
他像条灰狼，浑身长满硬毛，
又像匹骏马，脚下打着铁掌，
从头到脚湿淋淋，披着斗篷，
浑身哆嗦，躲在桌子下面，
转动着眼珠子，像夜晚的两只灯笼。
“太棒了！”修士冷笑着对他大叫，
“我终于逮住你了，你这地下的魔鬼。
你这恶鬼，这回可逃不出我的手心，
你要付出脑袋的代价为你的恶作剧。
到瓶子里去吧，我要堵住这瓶口，
我马上就把这瓶子扔到井里去。
好啊，马蒙！在我面前发抖吧。”
“你赢了，我的最可尊敬的老头，”
魔鬼莫洛克低声下气地回答，
“你赢了，但我请求你宽宏大量，
别把我放到臭水里面溺杀。
为此我会一辈子听你调配，
放心地进餐，夜晚放心地睡觉吧，
我再也不会来引诱你去犯罪。”

“别啰唆，别啰唆，钻进瓶子里去吧，
我的朋友，我可不会再求你了，
我不会忘记你那些阴谋诡计。”
“饶了我吧，我会让你满意的，
财富会源源不断流入你的手中，

我会让你成为班科夫那样的权贵，
会给你买四轮马车、房子一栋。
诗人们会来到你的前厅聚会，
我会让大家向你这富翁致敬，
我要摘去你的修士帽，给你做新发型。
我要让你换上燕尾服和长裤，
让你骑上骏马得意地驰骋，
笑嘻嘻地让马车在人群中横冲直撞，
让大家为英国式四轮马车而吃惊。
你会在希洛夫斯基家里冒汗，
在戈尔恰科夫家的晚宴上打盹，
在纳雷什金娜面前整理坎肩。
然后你将邀请所有的名人
（众多的大臣和公爵都是你的知交）
到你的府上去参加豪华的宴饮。”
“别再骗人了！我可不会放过你，
废话不必多说，快钻进瓶里去。”
“且慢，且慢，亲爱的，请再等一等！
我会给你送来妻妾和标致的少女。”
“可恶的魔鬼！怎么？在我的手心里
你竟还胆敢提什么妻妾问题！
你可要当心点！不，地狱的奴仆，
你别用灯红酒绿来引诱潘克拉季。
为了这一切已准备好了‘奖赏’，
你会后悔的，你这凶恶的魔鬼！”
“你再等一等，让我给你说明白，

求你放掉我，别成为我的仇敌。
你的善举会得到应有的报答，
我要把你带到耶路撒冷去。”
听到这句话，修士顿时忘乎所以。
他惊喜地对魔鬼说：“到耶路撒冷去！”
“到耶路撒冷去！对，对，我带你去。”
“好吧，既然如此，我就放掉你。”

老头儿，老头儿，你别听信莫洛克，
忘了他，别想到那耶路撒冷去。
那魔鬼只是花言巧语想欺骗你，
你不能和他建立亲密的友谊。
但是你没听我的话，潘克拉季，
你拿起马鞍，拿起笼头和鞍鞯，
那可恶的魔鬼已在你胯下来了劲，
准备驮着你往地狱那里奔窜。
飞吧，老头儿，你骑在莫洛克的肩上，
你要抽打他的屁股和身体，
飞吧，飞往东方神圣的山城，
可是你要记住，你可敬的双腿
骑的可不是一头傻乎乎的驴子，
你要始终认准那笔直的道路，
通向地狱的大道总茫无边际。

克里特的不幸[①]

特烈季亚科夫斯基[②]的孙子克里特
用扬抑抑格[③]写着小诗，他痛恨扬抑格，反对抑扬格；
按克里特的意思，这种简单的格律必定
损害诗作的思想，降低诗人的热情。
我不敢与他争论，让他把无辜辱骂，
抑扬格让诗匠灰心，他则会让扬抑抑格诗僵化。

---

① 这首诗是讽刺诗人的同学俄国诗人威廉·卡尔洛维奇·丘赫尔别凯（1797—1846）的。

② 瓦·基·特烈季亚科夫斯基（1703—1768），俄国诗人。

③ 扬抑抑格是一种六音步摹古诗体，诗行由六个重轻轻音步组成，本诗普希金用的就是这种格律。下面的扬抑格和抑扬格，也是俄国诗格律，扬代表重音音节，抑代表轻音音节，每个音步由相应的两个音节组成。

一八一四

致诗友[①]

阿里斯特[②]！你也登上了帕耳那索斯！
你竟想制服桀骜不驯的珀伽索斯；
为了桂冠，你竟匆匆走上危险的路途，
并且大胆地同那冷酷的批评为敌！

阿里斯特，听从我吧，放下你的笔墨，
丢开那些小河、树林和凄凉的坟茔，
在冰冷的诗歌中别燃起爱情之火，
快下来吧，免得有朝一日跌下高峰！
没有你，现在和将来也有够多的诗人，
诗作不断印行，世人却将忘记他们。
也许在这个时候，远离尘世的喧闹，
和愚蠢的缪斯永远结下不解之缘，

① 这是普希金生平第一次发表的作品，可能是写给他的同学丘赫尔别凯的。
② 这是喜剧中常用的名字，按希腊文的含义，有“优秀的”意思。普希金用来作为缺少天赋的诗人的名字。

另一部《泰雷马克颂》的作者[1]正藏在
密涅瓦神盾投下的宁静清荫下边[2]。
你该为那些糊涂诗人的命运而颤栗，
他们总用一大堆诗歌把我们闷死！
后世的人对待诗人确实十分公正，
在那品都斯山[3]上，既有月桂也有荆棘。
你应该害怕耻辱！你想想该怎么办，
如果阿波罗听见连你也爬上赫利孔，
会带着轻蔑摇摇他披着鬈发的头，
拿出挽救的藤鞭来奖励你的才能？

可是，怎么样？你皱起眉头准备回答。
“随便吧，”你对我说，“别说那些废话，
我一旦下定决心，就不再后退半步，
告诉你，我这是命中注定要选择诗琴，
让全世界爱怎么评判就怎么评判，
愤懑、狂叫、谩骂吧，我反正是个诗人。”

阿里斯特，会凑凑韵脚，耍耍笔杆，
丝毫不怕浪费纸张，这可不是诗人。

---

① 指俄国作家特烈季亚科夫斯基，他用俄语改写了法国作家费奈隆（1651—1715）的小说《泰雷马克历险记》，取名为《泰雷马克颂》。此处含讽刺意。另一部《泰雷马克颂》的作者指丘赫尔别凯。

② 密涅瓦神盾的清荫指学校。密涅瓦是罗马神话中的智慧女神，即希腊神话中的雅典娜。

③ 希腊境内的山脉，帕耳那索斯山和赫利孔山都在这里，亦指阿波罗和缪斯的灵地。

优秀的诗篇可不是那么容易写成，
好像维特根施泰因[①]打败那法国兵。
德米特里耶夫、杰尔查文、罗蒙诺索夫[②]，
这些不朽的诗人，俄罗斯人的荣光，
给我们提供了精神食粮，教导过我们，
有多少书籍，刚刚问世就立刻夭亡！
名噪一时的里甫马托夫、格拉福夫，
艰涩的比勃鲁斯[③]，在格拉祖诺夫[④]那里
腐烂；谁记得他们，谁还读这些胡话？
他们身上打着福玻斯诅咒的印记。

　假定说，你运气很好，登上了品都斯山，
你也可以公正地得到诗人的美名，
那时大家都满意地读着你的诗篇。
你是不是以为，因为你是一个诗人，
财富就源源不断地流向你的身边，
你已经可以安然享受国家的赋税，
可以在铁柜里储满黄澄澄的金币，
可以高枕无忧，安稳地吃饱睡足？

---

① 维特根施泰因（1769—1843），俄国将军，1812 年卫国战争的参加者。

② 德米特里耶夫（1760—1837），俄国感伤主义诗人。杰尔查文（1743—1816），俄国古典主义诗人。罗蒙诺索夫（1711—1765），俄国学者、诗人，莫斯科大学的创办者。

③ 里甫马托夫、格拉福夫、比勃鲁斯分别影射希赫马托夫、赫沃斯托夫和鲍勃罗夫，他们都是“俄罗斯语文爱好者座谈会”的诗人。里甫马托夫是由俄语“韵脚”一词变来的人名，意为凑韵脚的诗人，格拉福夫由俄语“伯爵”一词变来，普希金以此讽刺他是个智商低下的伯爵，比勃鲁斯由拉丁文 bibere 即“喝酒”一词变来。

④ 格拉祖诺夫，当时的书商、出版家。

亲爱的朋友，作家并不是那么有钱，
命运没有赐给他们大理石的宫殿，
他们的铁柜里也没有足赤的黄金：
地下的陋室，阁楼上窄小的房间，
就是他们豪华的宫殿，辉煌的厅堂。
大家都捧场，可只有杂志养活诗人，
福耳图娜[①]的车轮总从他们身旁闪过，
卢梭[②]赤身而来，也赤身进了坟墓的门，
卡蒙恩斯[③]曾和穷人同睡一张小床，
科斯特罗夫[④]无声无息死在阁楼中，
是陌生人的手把诗人送进了坟墓：
他们饱尝了痛苦，声名只是一场梦。

看样子，你现在似乎有些闷闷不乐。
“怎么，”你说，“你谈论起人来是这么尖刻，
分析起问题来就像另一个尤维纳利斯[⑤]，
别忘记，你是在和我一起谈论诗歌；
你正在和帕耳那索斯的姐妹[⑥]们争论，
为什么自己却用诗歌来对我开导？
你究竟怎么啦？你的神志可是正常？”

---

① 罗马神话中的命运女神，繁荣富庶和幸运的保护神。
② 卢梭（1712—1778），法国启蒙思想家、哲学家、文学家。
③ 卡蒙恩斯（1524—1580），葡萄牙诗人。
④ 科斯特罗夫（1750—1796），俄国诗人。
⑤ 尤维纳利斯（约 60—约 140），古罗马讽刺诗人。
⑥ 指缪斯，包括九位文艺和科学女神，帕耳那索斯山是她们的灵地。缪斯一般指诗神、诗歌。

阿里斯特，我来回答，你别再唠叨：

我记得，在乡下，有一个年老的教士，
头发已经花白，受到尊敬，生活富裕，
他和世俗的居民在一起，相处和睦，
并且早就获得了最大圣贤的名气。
有一次，他去参加婚礼，几杯酒下肚，
傍晚回家的时候，不觉有点醺醺然，
就在这路上，他迎面遇到了几个农夫。
“你好啊，神父老爷，”这些傻瓜对他说，
“你教导过有罪的人，不许我们喝酒，
吩咐我们要永远保持清醒的头脑，
我们都相信你的话，可是你今朝……”
“哦，是这么回事，”神父对这些农夫说，
“我在教堂里怎么说，你们都照着办，
你们的日子过得好，可别学我的样。”

如今我也只好这样回答你的问题，
我一点都不想为自己的罪过解释：
这样的人有福了：他要是不爱好写诗，
无忧无虑地度过平平静静的一生，
不拿自己的颂诗让杂志感到为难，
也不为即兴诗几个礼拜大伤脑筋！
他不喜欢在帕耳那索斯山上散步，
不追逐纯洁的缪斯、热情的珀伽索斯；

拉马科夫[1]拿起笔来，他也不胆战心惊；
他不是诗人，阿里斯特。他快乐而闲适。

但我议论得太多了，我怕让你腻烦，
这讽刺的笔调也会让你感到难堪。
亲爱的朋友，我现在要提一个忠告，
你可愿意放下芦笛[2]，从此不再吹响？……
请你全面地想一想，好好作出抉择：
出名，固然很好；安闲，更加欢畅。

---

① 拉马科夫指批评家马卡罗夫，《莫斯科墨丘利》杂志的发行人。
② 诗歌或诗歌创作的象征。

科丽娜
（仿莪相[①]）

（芬加尔委派托斯卡在克罗纳河源头的河岸上建立一座胜利纪念碑，以纪念他前些时候在此处获得的胜利。托斯卡在进行此项工作时，邻国国王卡鲁尔邀请他去赴宴，托斯卡爱上了卡鲁尔的女儿科丽娜。一次偶然的机会使他们得以互诉衷情，并使托斯卡获得幸福。）

　卡洛莫纳河源头湍急的流水
正向远方的河岸奔腾，
我看见你那浑浊的洪流
正激起狂浪搏击山陵，
在夜晚的星光下波光粼粼，
穿过沉睡中荒野的森林，
在枝丫交错的幽暗林莽下
喧嚣着，冲刷着重重的树根。

---

① 此诗根据莪相的长诗俄译本改写。莪相（奥西安），相传系生活于3世纪的苏格兰盖尔族武士兼弹唱歌手。法国女作家斯塔尔夫人（1766—1817）认为莪相是欧洲北方文学的始祖。

当夜幕布满整个天空时，
科丽娜喜欢你苔藓丛生的河岸；
你看到为爱情她身不由已，
在这里为恋人将自己奉献。

谢利玛国王在雄伟的宫殿里
给年轻的托斯卡下了命令：
“到那座幽暗的密林中去吧，
克罗纳河在那里恶浪滚滚，
喧闹的白杨送来了清凉，
那里有一排排将士的坟茔；
我带领忠诚勇敢的军队，
在那里横扫过万千敌兵，
无数勇猛的将士倒下了，
黑乌鸦正在给他们守灵。
去吧，在他们牺牲的地方，
让胜利的纪念碑在云天高耸！”
他说完，托斯卡便带着弹唱歌手
奔向那未知的遥远的途程，
他日夜兼程，不顾凄凉的黑夜，
正午的炎热，或晚间的寒冷。
嫣红的朝霞染红了天空，
迎来了金光灿烂的早晨，
托斯卡已来到预言的地方，
克罗纳河的源头白浪滚滚，
正在幽暗的森林中奔流，

又在沉睡的谷地中消隐。
弹唱歌手唱起神圣的颂歌，
托斯卡用他有力的手臂
从白浪滚滚的深渊中抱出
一块山上滚下的巨石，
将它轰然掷落在高岸上，
掀倒在那萋萋的野草地，
在巨石上挂上黑色的甲胄、
沾满祖先鲜血的长剑、
圆盾和饰有羽毛的头盔，
然后对着那巨石开言：

“哗哗奔腾的洪流之子，
把勇士们的事迹告诉后人吧！
那长途跋涉疲惫的外来人
在可怕的时刻，当夜深人静，
躺在迷雾笼罩的森林里，
在可靠的掩蔽中撑起身子，
在蒙眬时刻的甜蜜幻想中，
他将想起这遥远的世纪！
红霞满天的黎明来临，
他被太阳的光芒唤醒，
将看到许多阴森的坟墓……
会为这严酷的景象而吃惊，
这外族的儿男会不由得发问：
‘是谁建造了这庄严的纪念碑？’

那被岁月压弯了背的老人
会告诉他：‘是我们难忘的托斯卡，
是那远去岁月的英雄！’”

天空的永恒居民退隐了，
晚霞也在太空中消遁，
月亮升上高高的穹苍，
匆匆钻进幽暗的云层。
夜幕笼罩着山冈，克罗纳河岸
连同四周的丛林已入梦，
卡洛莫纳的强大统治者
卡鲁尔，这位异族人的友朋
邀请莫尔文地方的英雄
作客妙龄的科丽娜宫禁，
让他领略悠闲的欢愉，
请他用大碗将美酒畅饮。
…………
…………
众人围坐在家中的火炉旁，
歌手把歌儿唱得正欢，
冒着泡沫的金色酒杯
在宾主的手中传递不断。
只洛拉的外来客面露忧伤，
他把头低低垂落胸前，
他火热的目光充满忧思，
总在温柔的科丽娜身上转——

他的胸膛沉重地喘息，
眼睛里熄灭了快乐的光芒，
时而身上滚过一团火，
时而心中为爱而怅惘。
他愁肠百结，暗自感到
血液中振荡着强烈的激情，
他望着那青春焕发的佳丽，
将满杯爱的琼浆一饮而尽。

　但橡树已不再蒸发水汽，
暮色已越来越加浓重，
迷茫的天际越来越黑，
主宰宫殿的是深沉的幽梦。
…………
…………
夜色在消散，太阳的光芒
燃烧起满天嫣红的朝霞，
绯红的天穹闪耀着金光：
托斯卡起身离开了卧榻；
卡洛莫纳河在匆匆地奔流，
他沿着湿润的河岸走去，
赶去看看克罗纳的山谷，
谛听滚滚浪涛的拍击。
蓦地从幽暗的林荫深处
走出一个年轻的战士，
仿佛春天的午夜时分，

金色的月轮浮出云翳。
一柄利剑在身旁闪光，
一支长矛在手中握紧，
头盔扣在他的前额上，
盾牌保护着他灵活的腰身，
铠甲映着朝霞银光闪闪，
在山谷的晨雾中分外耀眼。

“啊，年轻的战士！”托斯卡说，
“你在跟何方的敌人厮杀？
难道说在这个国家里战争
也要染红河流的浪花？
但一切都很平静，安宁
在柔情的科丽娜家园充盈。”
“卡洛莫纳的密林很平静，
金黄的故园繁荣昌盛，
但科丽娜已不在那里居住，
如今她已在荒僻的小径
和心爱的人共踱荒原，
是他以英俊俘虏了她的心。”
“你在说什么，年轻的士兵？
那强盗如今藏到哪里去？
快把盾牌交给我！”托斯卡
接过盾牌，想置强盗于死地。
但他的英雄气概突然消失，
他惊喜交集地看到了什么？

此刻他激动得喘不过气来，
爆发出一阵欣喜的狂热……
百合花般的胸脯一旦袒露，
就在威武的铠甲下自由呼吸……
“这是你吗？……”英雄惊呼，
他伸出的手在不断战栗，
从她头上摘下闪亮的头盔——
科丽娜就在他面前站立。

埃夫莱加[1]

你看远处有一座孤独的山岩，
里面隐藏着一个深深的山洞；
洞口布满灌木，显得幽暗，
附近有浪花翻卷，涛声隆隆。
傍晚来临，天空中月色朦胧，
埃夫莱加在这儿呼唤着情人；
昏黑的夜色中她显得孤独而忧闷，
轻轻的呼唤声飘荡在群山上空：

"来吧，奥杜尔弗，树影已变得模糊。
我在苔藓上坐下，等待着奥杜尔弗，
胸中燃烧着烈火，我长吁短叹……
啊！朋友，和你心心相印，多么甜蜜，
来吧，奥杜尔弗，在你身边，我将沉醉，

---

① 这首诗是法国诗人巴尔尼（1753—1814）的长诗《伊斯涅尔与艾斯列卡》片断的意译。

热烈的亲吻将把爱情点燃。

“走吧，奥斯加尔，我害怕你的目光，
你神情可怕，话语冷若冰霜。
离开我吧，别为占有我而洋洋得意！
夜晚自有别人来与我同眠，
早晨自有别人来相拥陪伴，
他的亲吻让我感到甜蜜陶醉。

“他为何迟迟不来了却我的心愿？
为了心爱的人我早已宽去衣衫！
忌妒的衣被正静静堆放在脚边。
啊，来了——没错，是我久盼的情人。
不由得我心花怒放，柔情顿生，
热烈的亲吻将把爱情点燃。”

奥杜尔弗来了，一副喜洋洋的样子，
心想着爱情，愁绪便一扫而光；
但黑暗中忽有钢剑在面前一亮，
他打了个寒噤，心中疑云顿起；
“你是谁？”他问，“阴森黑夜的幽灵，
快快回答我，为何在此地玩命！”

“无能的仇敌！快快离开奥斯加尔！
茫茫黑夜中你在窥视着什么？
我心中燃烧着欲火，别把我惹急，

山洞中埃夫莱加正等着奥斯加尔！”
纯钢铸成的宝剑顿时亮起，
拼杀中火星一串串四下迸射。

埃夫莱加听见宝剑拼杀的声音，
奔出阴冷的山洞，心惊肉跳，
“快来看看你那心爱的情人！”
奥杜尔弗对温柔忠实的女友大叫。
“负心的女人！是你叫他来幽会？
黑夜中你们好尽情地寻欢作乐，
可是，要见他你只能在瓦尔加拉宫[①]内！”

他举起宝剑……浑身战栗的埃夫莱加
一头倒在草地上，像暴风雪从悬崖
吹落一块当空飞舞的雪片！
这两个情敌杀得难解难分，
鲜血如注，在乱石堆上流遍，
两人不顾死活滚进了灌木林。
临死时还把埃夫莱加声声叫唤，
死亡终于冻结了他们的凶焰。

---

① 斯堪的纳维亚神话中供阵亡将士灵魂游憩的豪华宫殿。此处指阴曹地府。

奥斯加尔

一个旅人在深夜的茫茫浓雾中
迈着疲惫的脚步，抖抖索索，
在洛拉的墓石中行走，困倦的眼睛
枉然在黑夜中寻找宁静的住所。
他面前没有山洞，阴郁的海岸上
也不见渔夫遗留下来的窝棚；
狂风呼呼地把远处的密林摇晃，
月亮在云里，朝霞在大海里酣梦。

他走着，看见长满苔藓的悬崖上
有一个老弹唱诗人——往日的欢愉：
低垂着灰白的头，俯视着怒吼的海洋，
默默无言地关注着岁月的流逝。
阴沉的柳树上挂着豁口的宝剑。
沉思的歌手把平静的目光投向
异乡的游子，那旅人忐忑不安，
浑身战栗，连忙走过他身旁。

“站住，旅人！站住！”昔日的歌手说，
“勇士们在这儿战死，向英灵致敬！
在勇士们，长眠者的坟墓跟前静默！”
来者低下头，他仿佛看到，山顶
出现一群幽灵，对着这旅人
频点着血淋淋的头，骄傲地微笑。
“这儿是谁的坟墓？”外乡人询问，
对歌手用手杖指着海岸上的坟包。

钢盔和箭囊在悬崖上面闪烁，
映着月光，发出幽幽的光亮。
“唉，奥斯加尔在这儿倒下！”激奋的老头说。
“啊，这个年轻人过早地夭亡！
但他只求一死，我目睹，在队列里
他欣然等待着射来的第一支飞矢，
他冲出队列，在沸腾的战斗中捐躯：
安息吧，年轻人！你是在义战中战死。

“风华正茂时奥斯加尔爱上玛尔维娜，
他常和女友双双出去欢迎
黄昏时洒进山谷的明月的光华，
从海边巍峨悬崖投下的阴影。
他们的心仿佛在把对方烧得更热，
奥斯加尔只爱着玛尔维娜一个人，一个人，
但很快就结束了他们的爱情和欢乐，
年轻人迎来了一个痛苦的黄昏。

“有一次，一个冬夜幽暗而凄凉，
奥斯加尔敲打着妙龄美女家的门，
轻声叫唤：‘快开门，是你的亲人，姑娘！’
但小屋里静悄悄。那小心的手又敲敲门，
他只听到一阵阵狂风的吼叫声。
‘玛尔维娜，难道睡着了？周围黑沉沉，
大雪纷飞，头发在夜雾里结了冰，
是我，是我，玛尔维娜，是你的亲人！’

“他第三次敲了门，门吱的一声晃了晃。
他提心吊胆走进去。真不幸！他看见了什么？
他眼前发黑，玛尔维娜打了个寒颤，
他看见，负心人怀里躺着兹维格涅尔！
他的眼睛里冒出狂怒的火焰，
年轻的情人颤抖着，一声不吭。
他拔出可怕的利剑，兹维格涅尔已完蛋，
那失色的鬼魂消失在漆黑的夜色中。

“玛尔维娜抱住不幸奥斯加尔的双膝，
但奥斯加尔移开目光说：‘你就活下去吧，
可我蔑视负心人，不再属于你，
我要忘记，熄灭这靠不住的爱情火花。’
于是他默默地悄悄往门外走去，
满怀着郁悒的默默无言的忧伤，
那甜蜜的情意已经永远消失！
他没有亲人，孤零零生活在世界上。

“我见过这个年轻人：他低低垂着头，
绝望地喃喃念叨着玛尔维娜的芳名；
就像阴霾布满深海的四周，
痛苦的心坎上总笼罩着惆怅的阴影。
对童年的朋友他只是匆匆瞥一眼，
那呆滞的目光已认不出往日的朋友；
他远离欢宴，只在僻静的荒漠上
用孤独来浇灌自己心中的哀愁。

“奥斯加尔在痛苦中度过漫长的一年，
突然响起了号角声！奥金[①]之子芬加尔
率领暴徒投入血腥的争战。
奥斯加尔听到这消息，燃起了斗志。
他的宝剑闪过，死神匆忙逃窜，
他浑身是伤，终于倒在尸堆旁，
他虽倒下了，手还在寻搜着宝剑，
但永恒的酣梦已降临勇士的身上。

“敌人逃走了，英雄也已经安息！
坟包的周围笼罩着一片寂静！
只是在寒秋时节，无月的日子，
当群山的峰峦上布满潮湿的阴影，
在鲜红的云端，沐浴在蒙蒙云雾里，

① 古斯堪的纳维亚神话中最高的神。

墓石上空便端坐着一个郁悒的幽灵，
箭矢碰响着，箭囊把铠甲撞击。
槭树轻摇着，发出神秘的沙沙声。”

理智与爱情

年轻的达佛尼斯[1]追赶着多丽达[2]，
他呼唤着："别跑，别跑，迷人的少女，
只要你说'我爱你'，我就不再
追赶你，我向阿佛洛狄忒[3]起誓！"
"别说，别说！"理智对她说。
"对他说：'你真可爱！'"厄洛斯[4]在一旁撺掇。

"你真可爱！"牧女跟着爱神说，
于是他们的心都燃起了爱情，
达佛尼斯跪倒在美人儿脚下，
多丽达垂下了充满爱的眼睛。
"跑呀，跑呀！"理智一再催促她。
可是骗子手厄洛斯说："留下！"

---

① 希腊神话中的西西里牧人，牧歌的创造者。此处指牧人。
② 诗歌中常用的女性名字，此处是牧女。
③ 希腊神话中爱与美的女神，即罗马神话中的维纳斯。
④ 希腊神话中的爱神，即罗马神话中的丘比特。

她留下了，于是快乐的牧人
把牧女的手攥在颤抖的手里。
“你看，那边浓密的菩提树下
一对鸽子正拥抱在一起！”
“跑呀，跑呀！”理智一再说。
“学它们的样！”厄洛斯对她说。

美人儿火热的嘴唇上掠过
一丝情意绵绵的微笑，
眼睛里露出慵倦的神情，
一下子投入爱人的怀抱……
“祝你幸福！”厄洛斯轻轻说。
理智哪儿去了？他已经沉默。

致姐姐[①]

挚爱的朋友，你总想
让我这年轻的诗人
展开幻想的翅膀，
带着被遗忘的诗琴，
离开我那修道院[②]
和那孤寂的地方，
来和你促膝谈心，
在那里，每当夜里
长久的安宁便陪伴
令人郁悒的沉寂
无声无息地主宰着
荒无人烟的小修院。[③]
…………
我要像离弦的飞箭

① 普希金的姐姐是奥尔加·谢尔盖耶夫娜·普希金娜。
② 即皇村学校。
③ 这一行下面还有几行佚稿。

飞回涅瓦河岸边，
拥抱我那黄金般的
青春岁月的友伴，
像柳德米拉的歌手[①]，
那幻想的可爱奴隶，
我回到双亲的家中，
带给你的不是金子
（我是个贫穷的修士），
我的礼物是一束小诗。

我悄悄走进起居室，
凭我的羽笔的想象，
啊，我亲爱的姐姐，
我遇见你是什么模样？
你心里在想些什么，
在这个傍晚时分？
你在读卢梭的著作，
还是让利斯[②]的诗文？
或者和快活的汉密尔顿[③]
在一起开怀大笑？
或者和格雷[④]与汤姆逊[⑤]
在幻想中神游城郊，

① 指诗人茹科夫斯基，他写过长诗《柳德米拉》。
② 让利斯（1746—1830），法国女作家。
③ 汉密尔顿（1646—1720），用法语写作的爱尔兰作家。
④ 格雷（1716—1771），英国诗人。
⑤ 汤姆逊（1700—1748），英国诗人。

那里一阵阵清风
从树林吹到山谷，
葱茏的树林在低语，
从高山之巅直泻下
一股壮观的瀑布？
或者用长披巾裹起
那条陪伴在枕边、
垂垂老矣的哈巴狗，
温存地抚爱它，还为它
把莫耳甫斯[①]呼唤？
或者望着漆黑的远方，
像沉思的斯微特兰娜[②]
站在喧闹的涅瓦河旁？
或者在灵活的手指下
借助铿锵的钢琴
再现莫扎特的作品？
或者再弹奏一次
皮契尼[③]和拉莫[④]的乐曲？

　　但是我和你终于
在无言的欢乐中相会，
你的朋友心花怒放，

① 希腊神话中的梦神。
② 茹科夫斯基同名长诗的女主人公。
③ 皮契尼（1728—1800），意大利歌剧作曲家，那不勒斯乐派代表人物。
④ 拉莫（1683—1764），法国作曲家。

像春天一样明媚。
忘记了分手的日子，
忘记了痛苦和愁闷，
悲伤也没有了踪影。

　但这不过是幻想！
唉！我仍旧是孤零零，
在修道院的黯淡烛光下
给姐姐写着这封信。
阴暗的禅房静悄悄：
房门上插着门闩，
快乐的仇敌——沉默
和寂寞守卫在一边！
一张摇晃的床铺，
一把破损的椅子，
一只灌满的水罐，
一支麦秆的小笛——
这就是我醒来的时候
看见的全部用具。
幻想，只有你才是
我得到的唯一奖赏，
当你把我带到了
那神奇的希波克林泉[①]，

① 希腊神话中的灵泉，从飞马珀伽索斯的蹄子踏过的地方涌出，喝了此水，诗人将获得灵感。

在禅房里我也欢畅。

　　女神哪，你不在身边，
我将变成什么样？
混迹世间的浮华，
在其中逍遥欢畅，
突然被命运带到远方，
关进凄清的房间，
像来到忘川①的岸上
成为幽禁的罪犯，
就这样被永远埋葬，
大门吱地响了一声，
就在我身后关上，
于是美丽的世界
蒙上了黑暗的衣装！……
从此我望着世界，
像监狱里的囚徒
望着朝霞的光芒。
即使是朝阳升起，
把那金色的光芒
投向狭小的铁窗，
我的心仍然阴沉，
不感到一点欢畅。
或者是到了傍晚，

① 希腊神话中的冥河，喝了这条河的水便忘掉过去的一切。

天空蒙上一片黑暗，
天上的一缕阳光
在云层里变得暗淡，
我怀着忧伤的心情，
去迎接黄昏的黑暗，
用长长的叹息送走
渐渐隐去的一天！……
我手里数着念珠，
含泪凝望着窗栏。

但时光会流逝而去，
门闩会从紧闭的
石门上一一脱落，
我的骏马将穿过
无数谷地和高山
来到繁华的彼得格勒；
我将离开昏暗的禅房、
田野和自己的花园，
匆匆地赶往新居，
扔掉僧帽和铁链，
做一名革职的修士，
飞到你的怀抱和你相见。

致吸鼻烟的美女

难道这是真的？你厌弃了爱神种植的玫瑰、
　　芬芳的铃兰、百合和茉莉、
　　高傲地频频颔首的郁金香，
　　这些花都是你平时所钟爱，
　　从前，每一天你都要采些来
　　佩戴在大理石一般的胸脯上，
　　难道这是真的，亲爱的克利缅娜，
你的爱好竟发生了如此奇怪的变化！……
你爱闻的不再是清晨鲜艳芬芳的花朵，
　　而是有害的绿色烟草，
　　通过人工把它熏烤
　　成为松软的细细的烟末！
还是让哥廷根大学[1]白发苍苍的老教授
弯腰曲背站在历史悠久的讲台上，
用他那深邃的智慧去啃拉丁语辞章，

① 德国的著名大学。

一边咳嗽，一边把烟末
用他那枯瘦的手指塞进长长的鼻腔；
还是让留胡子的年轻龙骑兵
每天早晨坐在窗前，
带着晨困，瞌睡连连，
用海泡石的烟斗吞云吐雾，过过烟瘾；
还是让那年届花甲的大美人，
她已告别优雅，从情场上退休，
只勉强维持着她全部犹存的风流，
浑身上下无一处没有皱纹，
整天诽谤、祈祷、打哈欠，
只靠着忠实的烟草忘却忧烦。
可你，可爱的美人儿！……如果你真的
如此喜爱鼻烟——啊，真不可想象！
啊！真这样，我愿化成烟末，
装进鼻烟壶，囚禁在壶里，
我会落到你那娇嫩的玉指里面，
那时我将从心底陶醉，
纷纷洒落在你披着披肩的胸脯之间，
甚至……也许……瞧你！真是想入非非。
无论如何不可能实现。
妒忌的命运总与人作对！
啊，为什么我不是鼻烟！……

讽刺短诗

阿里斯特曾答应写一出这样的悲剧：
观众看了一定会同情得痛哭流涕，
　　他们的眼泪会流得像一条河。
　　我们等待着这出金子般的戏。
结果呢？我们等到了——没有话说，
　　再也无法降低它的价值，
　　不错，阿里斯特真的写出了
　　一出最最可怜的戏剧。

哥萨克[①]

有一次，半夜时分，
　　一个勇敢的哥萨克
悄悄走在河岸上，
　　穿过浓雾和夜色。

他歪戴黑色的便帽，
　　灰尘撒满了短衫，
手枪插在膝盖旁，
　　马刀直拖到地面。

忠实的马儿无须催促，
　　稳稳当当向前迈步，
长长的马鬃随风飘荡，
　　它渐渐隐入了远处。

① 这是一首乌克兰民歌。

面前有两三座小屋，
　　篱笆已经有点破损；
这条道路通向村子，
　　那条通向葱郁的树林。

“树林里找不到姑娘，”
　　小伙子丹尼斯暗自思量，
“夜晚一到，美人儿
　　就回自己的闺房。”

这个顿河哥萨克
　　拉拉缰绳，踢踢马刺，
回过头来像箭一般
　　向小屋飞奔而去。

月儿躲在云彩里，
　　给遥远的天空洒下银光；
窗前郁郁地坐着
　　一个美丽的姑娘。

小伙子看见美丽的姑娘，
　　心儿扑通扑通直跳，
马儿悄悄绕到左边，
　　那窗口一会儿就走到。

“天色已经更黑了，

月亮躲进了云彩里，
出来吧，可爱的人儿，快快
给我的马儿喝点水。”

“不！走到年轻男人的身边
该有多么可怕，
我不敢走出家门，
打水给你饮马。”

“啊！别害怕，美丽的姑娘，
来和情人亲热亲热！”
“美人儿最害怕黑夜。”
“别害怕，黑夜最快乐！

“听我说，可爱的人儿，没关系，
别装着害怕的样子！
白白浪费可贵的时光，
别害怕，亲爱的少女！

“骑上我的快马，我要
和你一起去远方；
跟我在一起，你会很快乐，
跟着情人到处是天堂。”

少女怎么样？她低下头，
压下了心中的惊惧，

怯生生地答应一起走，
　　哥萨克是多么欢喜。

一会儿小跑，一会儿飞奔，
　　小伙子爱着他的心上人；
他对她忠实了两个礼拜，
　　第三个礼拜就对她变了心。

致戈尔恰科夫公爵[1]

虽然他不曾和阿波罗相识，
但他是诗人和宫廷哲学家，
就让他写一首两百节的颂诗
恭敬地献给达官贵人吧。
但是我，亲爱的戈尔恰科夫，
决不会每天闻鸡即起，
用华丽夸张的文句写诗，
搜索崇高响亮的词语，
高昂文雅而煞费苦心地
去歌颂那些无益的事情，
而且我也没有胆量擅自
把这支鹅毛笔化作诗琴！
不，亲爱的公爵，我不想
写一首颂诗向你奉献，

① 即亚·米·戈尔恰科夫（1798—1883），普希金在皇村学校的同学，后来成为著名的俄国国务活动家，外交大臣。

没有问清渡头就贸然下水，
学杰尔查文，想高高飞翔，
这样做岂不是过于荒诞？
今天我只写一首小诗，
用它来祝贺你的命名日。

在这个时刻，我应该向朋友
衷心祝愿点什么，请问。
亲爱的公爵，祝你长寿，
子孙满堂，娶个可爱的夫人，
还是祝愿你荣华富贵，
获得十字章、钻石星章和殊荣？
是否要祝愿你，为追求功名
踏上血腥征战的途程，
为桂冠和花冠而洋洋得意，
在战场上亲手枪击敌军，
让胜利永远和你相随，
像古代英雄涅夫斯基①
那样攻无不克，战无不胜？
诗人如不用这样的小诗
祝贺你尽情受用欢爱，
他最好永远离开缪斯！
愿爱神保佑你，让你成为

① 亚历山大·涅夫斯基（约 1220—1263），诺夫哥罗德公爵和弗拉基米尔大公。1240 年在涅瓦河附近击退瑞典军，1242 年冰上激战中击溃东侵的日耳曼人。

伊壁鸠鲁[①]的得意门生，

在酒神和爱神中度过一生！

然后，当斯提克斯[②]河岸

隐隐在远处闪现之时，

让上帝保佑你享尽欢乐，

眼中露出慵懒的甜蜜，

从年轻的爱神丘比特手中

走进卡隆[③]阴暗的小舟，

在叶尔绍娃[④]的怀中……憩息！

---

① 伊壁鸠鲁（前341—前270），古希腊唯物主义哲学家。在伦理观上，主张人生的目的在于避免苦痛，使心身安宁，怡然自得，这才是人生最高的幸福。

② 希腊神话中的冥河。

③ 希腊神话中在冥河上渡亡灵去冥府的神。

④ 叶尔绍娃，1814年夏天曾到过皇村学校，后来成为叶尔绍夫将军的年轻妻子。

经 验

有人想用冰冷的理智
暂时克制心中的爱恋，
他却无法用沉重的锁链
拴住爱神腾飞的双翅，
即使你不再寻欢作乐，
而潜心和严肃的学问结合，
一旦淘气的爱神厄洛斯
飞来敲响你家的门扉，
你又会和理智重新争论，
不由自主地打开房门。

我从亲身的经历体会到
这些话真是至理名言。
“一路平安，爱情啊，再见！
我要去把那盲女神[①]寻找，

① 指希腊罗马神话中通常用布遮住眼睛的女神，如正义女神忒弥斯、爱神阿摩尔、婚姻之神喜曼等。

而不是去把赫洛亚追逐，
我要把幸福，幸福，抓住！”
我兀自狂妄自负地幻想。
突然听到一阵笑声响亮，
我回头一看……是爱神厄洛斯
在频频敲响我家的门扉。

不！很明显，我不能贸贸然
和这位爱神怄气斗狠，
只要那年迈的命运之神
帕尔卡还在那里纺线，
就让她主宰我的命运！
寻欢作乐是我立身之本。
等死神打开可怕的墓园，
明亮的眼睛将变得灰暗，
那时候专司情爱的厄洛斯
再不会来敲响墓园的门扉！

欢 乐

在一片葱茏幽暗的树林里，
流淌着一道澄澈的小溪，
溪水淙淙地流过芳草地，
一个恋爱的牧羊少年
独自在夜间吹奏着芦笛；
舒缓的笛声倾诉着忧伤，
回荡在荒凉僻静的山谷里……

突然，赫耳墨斯的儿子①，
巴克科斯和维纳斯的崇拜者，
生性快乐的法翁们的首领
跑出了山洞深深的老窝。
一对犄角上缠绕着玫瑰，
黑色的毛发上盘绕着常春藤，

① 赫耳墨斯是希腊神话中众神的使者，掌管商业、交通、畜牧等事。赫耳墨斯的儿子指潘，山林、畜牧神，身体是人，腿和脚是羊，头上长角，爱好音乐。

萨堤罗斯的肩上披着羊皮，
羊皮上洋溢着美酒的香馨。
山林之神拄着弯曲的拐杖，
把腰弯得像一把弩弓，
他悄悄地藏在灌木后面，
伴随着节拍摇头晃脑，
谛听着夜半时分的歌声。

“在欢乐中度过的日日夜夜！”
牧羊少年忧伤地歌唱，
“你曾像幻梦一般出现，
为什么从眼前烟消云散，
在永恒的黑暗中深深隐藏？

“啊！在那幽暗的树林中，
神秘的明月洒下一片银辉，
凉爽的树林投下一片清荫，
它正在寂静中甜蜜地酣睡，
我和小鸟依人的赫洛亚，
手挽手在那里信步徜徉，
那时候有谁能同我相比，
我成了赫洛亚的可爱情郎！

“可如今我的生活成了坟墓，
我从心里厌恶这人世，
树林惆怅，溪流神伤……
赫洛亚背叛了她的朋友！……

意中人已经……把我厌弃！……”

轻微的笛声就此消失，
歌手沉默了——一片寂静
主宰着这片荒野的树林，
只听见波浪轻轻的拍岸声，
轻轻吹拂的仄费洛斯
抚摩着漫山遍野的菟丝子……
萨堤罗斯突然出现了，
他走出树林投下的浓荫，
举起友情洋溢的酒樽，
翻腾的泡沫闪着银光，
他咧嘴大笑，把来意说明：
“你垂头丧气，黯然神伤；
瞧吧，这酒浆映着月光，
是多么澄澈，透明闪亮！
干了这一杯——你的心情
会变得同样纯净和清朗。
相信我吧：叹气也是枉然。
你最好还是及时行乐，
痛苦中和酒神亲密交往！”
于是牧羊少年接过酒杯，
毫不犹豫便一饮而尽。
啊，酒的威力真是强大！
痛苦和烦恼顿时消遁，
心中的郁闷也无踪无影！

只要酒杯一触及嘴唇，
一切顷刻之间便都变了样，
整个大自然便生气盎然，
幸福的少年又充满了幻想！
他干了一杯金黄的酒浆，
又满满当当斟了第二杯；
他饮着第三杯……然而眼前
周围的景物都在发黑——
这不幸的人……浑身软绵绵。
少年无力地垂下困倦的头，
他长叹一声，开口说道：
"萨堤罗斯，请你教导我，
怎样才能和命运搏斗？
怎样成为一个幸福的人？
我不能总靠饮酒解愁。"
"听我说，可爱的牧羊少年，
我这就给你一个忠告：
一辈子捕捉欢乐的瞬间
要牢记我这友好的劝导：
没有美酒便没有欢乐，
没有爱情便没有幸福；
现在就去吧，带着醉意
去和丘比特友好相处；
忘记他对你的暂时冷落，
在那多丽达的温柔怀抱里
重新享受幸福的欢乐！"

拉伊莎[1]奉赠明镜，致维纳斯[2]

这是我的镜子，拿去吧，塞浦律斯！
美的女神将永葆俏俊，
她不怕白发的时光老人的欺凌，
因为她不是普通的凡人；
可是我顺从命运的摆布，
不敢对着明镜一窥自已的容颜，
无论是看看当年的花容，
还是看看现在的模样。

① 古希腊交际花，喻轻佻女子。
② 这是古罗马一首讽刺短诗的翻译。

欢宴的学生[①]

朋友们，悠闲的时刻到来了，
　　周围多安恬，一切静幽幽，
快铺起桌布，快端来酒杯！
　　给我斟一杯吧，金色的美酒！
冒泡吧，杯子里的香槟。
　　那康德、塞涅卡[②]、塔西佗[③]的著作，
朋友们，干吗都放在桌上，
　　让它们一厚册叠着一厚册？
把冰冷的哲人们扔到桌下，

① 这是一首戏仿茹科夫斯基《俄罗斯军营的歌手》的诗作。据普欣说，这首诗普希金是在皇村医院中写成的。诗中提到下列人物：第 2 节写皇村学校教师加里奇；第 3 节写普希金的同学，诗人杰尔维格，大家都知道他懒惰而俏皮；第 4 节写戈尔恰科夫（“尊贵的行为荒唐的浪荡汉”）；“亲爱的同学”一节写后来成为十二月党人的普欣；下一节提到一个皇村学校的诗人，寓言写得很糟，可能是指米哈伊尔 · 雅科夫列夫；下一节写马林诺夫斯基（“浪荡汉中的浪荡汉”）；“我们亲爱的歌手”一节写科尔萨科夫；“著名的罗杰”一节写米 · 雅科夫列夫，他的小提琴拉得很好；最后一节写后来成为诗人、十二月党人的丘赫尔别凯。

② 塞涅卡（约前 4—65），古罗马哲学家、戏剧家。

③ 塔西佗（约 55—约 120），古罗马历史学家。

我们要把这领地占领；
把博学的傻瓜们扔到桌下，
没有他们，方得一醉酩酊。

酒桌上难道会有一个同学
仍然保持着神志的清醒？
得快点推举个宴会的主持人，
防止发生这一类事情。
为奖励醉汉，他得敬一杯
潘趣酒和喷香的掺水烈酒，
而对你们这些斯巴达人①，
送一杯清水让你们享受！
你喜欢安适和优游自在，
可亲的加里奇，祝你健康②！
你是伊壁鸠鲁的亲兄弟，
你的心灵向往着佳酿。
请你把花冠戴在头上，
做我们这个宴会的主持人，
这样，就连所有的皇帝
也会羡慕今天的学生。

伸出手来，杰尔维格！你竟睡着了；
醒醒吧，你这贪睡的懒汉！

① 斯巴达人以刻苦禁欲著称。
② 原文为拉丁文。

这可不是坐在讲台下，
　　拉丁文催着你昏昏入眠。
看吧，你的朋友济济一堂；
　　美酒整整装满一大瓶，
为我们缪斯的健康干杯，
　　帕耳那索斯山追求缪斯的诗人。
亲爱的俏皮朋友，说定了！
　　把这闲暇时的酒杯斟满！
为你的仇敌，为你的朋友
　　写出成百的讽刺诗篇。

你啊，风度翩翩的美少年，
　　尊贵的行为荒唐的浪荡汉！
你是酒神的豪放祭司，
　　对于别的，你可以不管！
虽然我是学生，醉了酒，
　　但我还敬重谦逊的举止，
把泡沫翻腾的酒杯挪过来，
　　祝福你在战斗中取得胜利。

亲爱的同学，爽直的朋友，
　　让我们紧紧地亲切握手，
寂寞像学究一样讨厌，
　　让我们用美酒把它送走：
我们不是第一次在一起畅饮，
　　我们也常常为小事争吵，

但只要斟满友谊之杯，
　　我们立即就言归于好。

你啊，从儿提时候，生活中
　　就只充满快乐与欢笑，
不错，你是个有趣的诗人，
　　虽然你的寓言写得很糟；
我和你相处无拘无束，
　　我从心里真诚地喜欢你，
让我们满满斟上一杯，
　　说什么理智！让它去见上帝！

你啊，浪荡汉中的浪荡汉，
　　是为淘气而来到人世，
你敢作敢为，不顾死活，
　　是我披肝沥胆的知己，
让我们把杯、瓶摔个粉碎，
　　为了普拉托夫的健康，
把潘趣酒装满哥萨克帽，
　　让我们再干一杯，把酒喝光！……

过来点，我们亲爱的歌手，
　　太阳神阿波罗宠爱的人，
请你歌唱心灵的主宰，
　　用那吉他轻轻的乐音。
多么甜蜜啊！当那优美的乐声

流入忧郁心胸的时候！……

可我要用叹息来表示热情？

不！只有喝醉的人才会欢笑！

著名的罗杰①，现在是不是

拿起你那破旧的小提琴

吱吱嘎嘎地拉动琴弦，

为我们这群酒神助兴？

大家一起合唱吧，诸位，

唱得不整齐，有什么要紧；

声音嘶哑了，也没有关系：

对于醉汉们，一切都称心！

怎么啦？……我看见一切都成双，

每个酒瓶都成了两个；

整个房间都在团团转；

眼睛像蒙上昏黑的夜色……

你们在哪儿，同学们？我呢？

告诉我，看在酒神的面上……

你们都睡了，我的朋友，

个个伏在作业本子上……

喂，你啊，阴差阳错的作家，

看来你比大家都清醒：

① 罗杰，当时著名的小提琴演奏家。

威廉[①]，念念你自己的诗吧，

好让我快点进入梦境。

① 威廉，普希金的同学，诗人丘赫尔别凯的名字。

鲍　瓦

（长诗片段）

　我常常同那希腊国
口若悬河的诗人[①]谈心，
却不敢用我嘶哑的声音
同那夏普兰[②]和里甫马托夫
一起歌唱北方的英雄。
那位无与伦比的维吉尔[③]，
我读过，反复读过多少遍，
却无意去模仿他的诗篇中
那百转的柔肠与和谐的音韵。
我研读过克洛卜施托克[④]的诗作，
这德国诗人却精深难懂！
我不想像他那样歌唱，
我只想让人人都能读懂，

① 指希腊诗人荷马。
② 夏普兰（1595—1674），法国文学评论家与诗人。
③ 维吉尔（前 70—前 19），古罗马诗人，作品主要有史诗《埃涅阿斯纪》（一译《伊尼特》）。
④ 克洛卜施托克（1724—1803），德国诗人。

不管他是卑贱还是尊贵。
我担心没有那样的翅膀，
能跟着弥尔顿[①]和卡蒙恩斯飞翔：
我不敢用我拙劣的诗篇
去向司智天使基洛伯开炮，
和撒旦同处极乐的天堂，
或者和爱神阿佛洛狄忒
同声颂赞神圣的圣母。
我不是一个行为轻率的人！
但昨天我查阅档案资料，
发现了一本出色的小书，
十分珍贵，真令人难忘，
那机智有趣的教义问答，
写的是让娜·奥尔连斯卡娅。
我读过以后赞叹不已，
不由得想把鲍瓦王子歌唱。

　啊，伏尔泰！盖世无双的名士！
你啊，在法兰西那个国度里
被当作神灵一样崇拜，
在罗马被视为反基督的魔鬼，
萨克森[②]把你称作猴子！
你啊，曾经面带微笑

---

① 弥尔顿（1608—1674），英国诗人，著有《失乐园》和《复乐园》。
② 德国地名。

向拉吉舍夫[①]投去一瞥，
现在你成了我的缪斯！
我也试图来歌唱一番，
但能否和拉吉舍夫相提并论？

我不记得，从救世主诞生至今
已经过去了多少年头，
达顿皇帝名扬四海，
统治着强大的斯维托米尔城。
达顿皇帝用不正当手段
攫取了皇冠和帝王的权杖，
他谋害了合法的在位皇帝
那昏庸无能的宾多基尔。
(忠君的臣子总是这样
对自己的帝王歌功颂德，
既然无忧无虑的帝王
并不和宫廷侍从在一起，
也不在夜里上床安眠。)
达顿皇帝并非昏庸之君，
他没有得到这恶毒的绰号。
虽然他没有这种称呼，
却是个不知疲倦的暴君。
我懒于向你们一一列举
他的所有品性和罪恶：

① 拉吉舍夫（1749—1802），俄国革命思想家、作家、诗人。

善良的人们，你们都听说过
皇帝的故事，整整二十年
他从不解下身上的武器，
也从不离开胯下的战马，
他南征北战，攻无不克，
把基督教世界淹没在血泊中，
亦不放过不信教的人民。
雷霆的天使亚历山大[①]
曾把一个人打翻在地，
让他过着屈辱的生活，
此人已经被众人忘记，
如今被称为厄尔巴岛皇帝：
达顿皇帝也和他一样。

　有一次，召开大胡子会议
（达顿不喜欢没胡子的人），
在皇位上他一直闷闷不乐，
对他们说了这样一席话：
“你们都常常直言进谏，
使皇权减轻了许多负担，
使国运得以顺利运转
（皇权不感到国事的艰难），
贤明的朋友们，各位爱卿，
如今我决定向你们求教，

① 指俄皇亚历山大一世（1777—1825），下文厄尔巴岛皇帝指拿破仑。

我该怎么办？请听我说分明。”

诸臣起立，都皱起眉头，
低低地，低低地鞠躬行礼，
纷纷捋捋唇髭和大胡子，
然后在橡木的椅子上落座。

“你们都知道，”达顿继续说，
“我是用手腕和欺骗手段
攫取了昏庸的宾多基尔
那摇摇欲坠的皇帝宝座，
和宾多基尔那可爱的娇妻
密里特丽莎结合成伴侣，
还把那皇子，嫡亲的皇储
鲍瓦投进了黑暗的牢狱。
攫取那昏庸的宾多基尔的
金冠不费我吹灰之力，
可是要把它戴在我头上，
牢牢保持住却很不容易。
已经有好多糊涂的百姓
节日里在大街小巷闲逛，
彼此之间一直在议论：
‘愿上帝保佑我们的皇子。’
如今鲍瓦已不是小孩，
头脑不像他父亲那么简单，
在铁窗里他掀不起什么风浪，

可对我的意图仍很危险。
我该怎么处置他，告诉我，
要不要还把他关在监牢里？”

　满朝文武都在沉思，
大家默默地垂下视线。
不错，真的是金玉良言！
沉默是金啊，多言必失：
老奸巨猾的阿尔扎莫尔
本想开言（看样子这位
白发的老臣想出个主意），
他咳嗽两声，但转念一想，
又突然停住，噤若寒蝉。
埃斯科拉庇俄斯[①]的孙子，
著名的医生埃泽道尔夫
剃光头的德国人，打个哈欠，
咝咝响着，猛吸着鼻烟，
但一言不发，当着众人的面
他不想炫耀自己的才智。
维赫洛马赫、波尔康、杜贝纳，
皇位的侍卫，著名的勇士，
坐在那里，像泥塑木雕。
格罗莫布里，有名的大力士，
一涉及智力，便无所适从，

---

① 罗马神话中的医神。

他想啊，想啊，无意之中
竟打起盹来，呼噜直响。
有什么比榜样的作用更大？
有什么能更有力地影响别人？
瞧那勇敢的米罗夫佐和伊瓦什卡
用手套掩住嘴正打哈欠，
还有波尔康和白发的阿尔扎莫尔……
正把他们那高傲的头颅
悄悄地往自己的胸前低垂……
瞧，群臣和达顿都在打盹，
那足智多谋的人都在打鼾！

　谋臣们本会沉睡好久，
要不是那德国人无意之中
把手里的鼻烟壶掉落地上。
那个鼻烟壶滚啊滚啊，
突然碰上了那睡得正酣的
格罗莫布里靴筒上的马刺，
它哐啷一声碎成了两半，
立即飞溅到四面八方……
勇敢的军人猛然惊醒，
他举目环顾整个大厅……
这时候烟末撒了开来，
呛到勇士的鼻子里面去，
英雄懊丧地打了个喷嚏，
竟把拱顶震得摇摇欲坠，

窗门不停地抖动，纷纷掉落，
门扇在合叶上不停地摇晃……
在座的君臣才纷纷苏醒！

“有什么好犹豫，”英雄叫道，
“皇上！留着鲍瓦没有用，
哼，让这皇子见鬼去吧！
就此决定：别让他活命。
接下来怎么把他处置，
各位兄弟，你们再议议。”
他就这样结束了建议，
勇敢的军人喜欢直言不讳。
“很好！我们就听你的，”
皇帝伸了伸懒腰，说道，
“朋友们，我们明天再见，
现在你们大家都回去。”

达顿在期限上一时疏忽，
竟没有强调不能拖延：
“此事不能够拖到明天，
你们今天就必须执行。”
所有的廷臣都已经散去，
此时夜色已越来越浓，
达顿皇帝和可爱的皇后，
那举世无双的密里特丽莎
正一起躺在皇宫的卧榻上，

但他转身背对着皇后：
陛下今夜里无心玩乐，
他只想好好地睡它一觉。

　密里特丽莎有一个女侍
叫卓娅，是个妙龄的少女，
她身段婀娜，眉目、脸蛋、
白净的手、细嫩的脚，像天使，
从皇后身上解下丝绸的衣衫、
裙子、寝帽、衣带和花饰，
一一锁进衣柜里面去，
然后悄悄地回到下房。
她在那里脱下衣裳，
费力地推起小小的窗门，
在铺着羽绒的床垫上躺下，
等待着她那亲爱的情人
宫廷侍从斯维托查尔：
他答应半夜三更时分
从窗口跳进她的卧房。
这美丽的少女等啊等啊，
总等不来她亲爱的情人。
啊！夜半钟声敲响，卓娅怎么了？
她看见，有人跳进窗口……
谁啊？莫不是亲爱的心上人？
不！不是她的情人，读者！
她看见一个幽灵，有点像

老皇帝的身影，戴一顶高帽，
穿农民的外套而不是皇袍，
腰间束一条树皮绳子，
样子很忠厚，两眼暴突，
嘴巴张开，还龇着牙齿，
耳朵长长的，像驴子一样，
哗啦哗啦拍着肩膀。
卓娅看见他，浑身战栗，
读者们，她到底还是认出了
这是昏庸的宾多基尔皇帝。

她浑身战栗，心慌意乱，
卓娅扑通一声跪倒在地，
她把两手合抱在一起，
垂下她那明亮的眼睛，
急速地小声念着那祷文——
我一辈子都没学会背诵：
“我们在天上的父”和“圣母”，
她悄悄地悄悄地暗自嘟囔：
“我看见什么啦？上帝，主啊……
啊，尼古拉！受难者萨瓦！
保佑我这弱小的姑娘。
这是你吗，我们的皇爷？
告诉我，今天你为了什么
离开天国来到了这里？”

那幽灵发出一阵傻笑，
对美丽的卓娅细说缘由：
“卓娅，卓娅，别害怕，我的宝贝，
我一点也不想把你惊吓，
我不是为这事变成鬼魂
从那个世界来到这里。
吓唬活人是一件乐事，
可我还怎能寻欢作乐，
如果宾多基尔的儿子，
我那亲爱的皇子鲍瓦
明天就要被烈火烧死？”

可怜的皇帝哭得好伤心，
善良的姑娘也跟着难过。
“告诉我，我能为你做什么，
我愿意一切听从你吩咐。”

“亲爱的卓娅！我有个主意，
求你从监牢里救出我儿子，
而你就代替我那皇子
待在那个黑暗的牢狱里，
为我那无辜的孩子受罪。
我诚心诚意地向你致敬，
对你说：谢谢，亲爱的卓娅！”

卓娅顿时陷入了深思：
为一句谢谢去蹲黑暗的监狱！

她感到这未免太过残酷。
但她心中充满了柔情，
卓娅心里早就暗暗同意，
接受皇帝的这个建议。

　　法兰西的圣人，你说得对，
你说过，天下的女人都无力
抗拒年轻厄洛斯的神箭，
她们都有一颗善良的心，
她们的好心肠并非伪装。
“可你告诉我，敬爱的皇帝！”
卓娅对这已故的皇帝说，
“我怎样才能（你自己想想）
进入那个阴暗的监狱，
你的爱子正在那里受苦？
五十个精锐的士兵正在
日日夜夜地将他守卫。
我这柔弱胆小的女子
怎能逃脱他们的监视？”

　　“你就放心吧，会有机会，
亲爱的，你只要对我起誓，
一旦这机会出现在你眼前，
你一定不会放过这良机。”
“我对你发誓！”少女说道。
那幽灵顿时失去踪影，

刹那间迅速飞出窗口。
可爱的卓娅轻轻叹息着，
随即放下小小的窗门，
平静下来躺到床上去，
转眼之间就进入梦乡。

致巴丘什科夫[1]

朝气蓬勃的哲学家和诗人，
帕耳那索斯幸福的懒汉，
卡里忒斯[2]娇生惯养的宠儿，
可爱的阿奥尼德[3]诸女神的友伴！
快乐的歌手，你为什么沉默，
不再弹响那金弦的竖琴？
难道你这年轻的幻想家
竟和福玻斯从此离分？

你已不在拳曲的金发上
戴上芬芳玫瑰的花冠，
在葱茏扶疏的白杨树荫下
也不再有妙龄美人围在身边，
你已不再为健康而干杯，

① 巴丘什科夫（1787—1855），俄国诗人。
② 希腊神话中的美惠三女神。
③ 诗神缪斯的别名。

也不为爱情和酒神而歌唱；
不再采撷帕耳那索斯的鲜花，
只满足于一个幸运的开端；
听不见俄国巴尔尼的歌声了！……
唱吧，年轻人！泰奥斯的歌手[①]
曾在你心中注入万般温柔。
丽列塔[②]，欢乐岁月的喜悦，
你那迷人的女友就在你身旁：
对于爱的歌手，爱就是奖赏。
赶快调好你诗琴上的琴弦，
在那上面飞舞你灵活的五指，
就像春风吹拂着百花，
请用你那欢乐的情诗，
请用你娓娓动听的情话
把丽列塔唤进你的棚子。
高邈的天空星移斗转，
昏暗的夜空中星光幽微，
就在这遗世独立的幽室，
倾听着天地奇妙的静谧，
我的亲爱的幸运儿啊，请用你
快乐的泪水把美人的胸脯沾湿；
但在你沉醉于爱情的时候，

---

① 指阿那克里翁（约前570—前487），古希腊宫廷诗人，作品歌颂饮酒和爱情。后来欧洲文学中模仿他的诗体所写歌颂爱情、青春和享乐的抒情短诗通称为“阿那克里翁体”。泰奥斯，阿那克里翁的出生地。

② 巴丘什科夫作品中的女性名字。

请你别忘了温柔的缪斯；
世界上没有什么比爱更幸福：
去爱——并用诗琴歌唱它的魅力。

在闲暇时刻，当至爱亲朋
前来拜访，聚集在你的四周，
冒泡的美酒噼噼啪啪，
涌出酒瓶，在餐桌上横流，
你就在嬉戏的诗篇中描写
健谈的宾客围着餐桌
怎样谈笑风生和取乐，
描写冒着白泡的酒杯
和晶莹玻璃撞击时的快活。
客人们用碰杯打着拍子，
用七高八低的声音一起
朗读你那快乐的诗句。

诗人！写什么，悉听尊便！
你要大胆地把琴弦弹响，
和茹科夫斯基一起歌唱血战，
歌唱战场上可怕的死亡。
你曾在队列中和死亡相遇，
那时由于命运的作弄，
作为一个俄国人光荣地倒下！
一把寒光闪闪的镰刀

击中你，几乎要了你的命！……[1]

你还可以学习尤维纳利斯，
拿起讽刺针砭作武器，
随时取来讽刺的哨子，
打击、嘲笑世间的恶习，
谈笑间拿出可笑的例子，
如果可能，也帮我们纠正，
但别去惊动特烈季亚科夫斯基，
他总受到干扰，不得安生。
唉！就算世上没有这个人，
蹩脚诗人也已经够多，
世上的题材已经不少，
值得你的笔去尽情写作！

但是够了！……在这个世界里，
我是个默默无闻的诗人，
不敢用芦笛再吹这些小曲。
对不起——请记住我的忠告：
趁你还受缪斯的宠爱，
趁你还燃烧着庇厄里得斯[2]之火，
你虽被无形的利箭所伤害，
但还不肯就此走向阴曹，

① 谁不知道《一八〇七年的回忆》一书！——原注
② 即缪斯。

你要把世间的忧烦忘怀。

弹响你的诗琴吧：年轻的奥维德[①]、

厄洛斯和美惠三女神[②]曾为你加冕，

阿波罗曾为你调好琴弦。

---

① 奥维德（前43—约17），古罗马诗人。因触犯奥古斯都大帝，被流放到黑海托米斯地区，死于该地。代表作《变形记》。

② 美惠三女神，即卡里忒斯，妩媚、优雅和美丽三位女神的总称。

讽刺短诗

（仿法国诗人）

你的夫人使我如此神魂颠倒，
如果我命中有幸得到三个
和你的妻子同样标致的美人儿，
我将把两个白白献给恶魔，
只要他同意也收下第三个娇娇。

致尼·格·罗蒙诺索夫[①]

亲爱的朋友，如今你也
驶离了宁静可靠的海港，
你快乐地驾起自己的小舟
驶向汹涌澎湃的海洋；
命运掌握着你的航程，
风和日丽，天空清朗，
展翅的小舟已翩翩起碇，
幸福鼓满了你的风帆。
上帝保佑你不会遇到
雷雨天气而饱受惊慌，
狂风暴雨也不致在你舟前
掀起喧腾怒吼的巨浪！
上帝保佑你在垂暮时分
平平安安地靠拢彼岸，
在那里恬然平静地休息，

① 尼·罗蒙诺索夫（1798—1857），普希金皇村学校同学的兄弟。

和爱情与友谊地久天长！
是的，你不会忘记它们！
可是！我的朋友，我料想，
我不会很快动身前去
那宁静简陋的蜗居同你相见；
也许，在啜饮潘趣酒的时刻，
你会把我这朋友怀想；
当我走进新居的时候
（每个人都命中注定要长眠），
请说一声："在世时他爱过，
上帝保佑他永远欢畅！"

题雷布什金[1]

从前，自古以来的英雄，
一旦结束了与敌人的光荣战争，
便把宝剑悬挂在祖先的帐篷上，
而结束了笔墨官司的悲剧家布隆[2]
却把耳朵挂在他家的上方。

① M. C. 雷布什金（1792—1849），喀山诗人，1814 年发表散文体悲剧《约翰，亦名攻克喀山》。《祖国之子》杂志对此曾发表否定性评论，雷布什金试图反驳，未果。

② 这是普希金给雷布什金起的绰号，意为浅滩上的激浪。

皇村中的回忆[①]

阴沉的夜幕悬挂在
蒙眬睡去的天穹上；
山谷和树丛在悄无声息的静寂中沉睡，
远处的树林在灰白的浓雾中隐藏；
隐隐听见潺潺的流水悄悄流进橡树林的清荫，
隐隐听见风儿轻轻吹来，停在树叶上悄然睡去，
娴静的月亮像一只端庄持重的天鹅
在银白色的云端游弋。

瀑布像一股晶莹的河水
从巉岩累累的山冈上泻下，

① 诗人在皇村学校读书时，由低年级升入高年级必须经过考试，这首诗是教师加里奇出的试题。普希金于 1815 年 1 月 8 日考试时朗诵了这首诗。当时考场上有许多来宾，其中也有著名诗人杰尔查文，他对普希金极为赞赏。1819 年准备出版诗集时，普希金对此诗作了删改，他删去了第 2 节和倒数第 2 节，提到亚历山大一世的地方都作了修改（把“为了信仰，也为了沙皇”改为“为了罗斯，也为了神圣的教堂”，把“但我看见什么？一个英雄……面带微笑来把冤仇解开”改为“但我看见了什么？俄罗斯……面带微笑来把冤仇解开”），此外，文字上也作了一些修饰。

那伊阿得斯[①]们在平静的湖面上嬉戏，
　　激起微微的浪花；
那边，一座座雄伟的宫殿默默地
矗立在圆拱上，直插云霄。
尘世的神祇们是不是在这里欢度太平盛世？
　　这里可是俄国密涅瓦的神庙？
　　这里可是北方的乐土，
　　山明水秀的皇村花园？
在这里，俄罗斯的雄鹰打败了狮子[②]，
　　正在太平和欢乐的怀抱中安眠。
那黄金时代已经飞驰而去，
那个时候，在伟大女皇的治理之下，
快乐的俄罗斯名扬四海，
　　在太平中繁荣强大！

　　在这里每走一步都会在心灵中
　　勾起对已往岁月的回忆，
俄罗斯人环视四周将会感叹：
　　"女皇已不在，一切已逝去！"
于是沉思起来，在肥沃的岸边
默默地坐下，倾听风儿的低吟，
流逝的岁月在眼前一一掠过，
　　心儿在甜蜜的欣喜中沉浸。

---

① 希腊、罗马神话中的水泉女神，住在河流、湖泊和泉水中。
② 指瑞典。

他看见：一座纪念碑[①]
耸立在长满青苔的岩石上，
波浪在四周翻腾，碑顶上有一头幼鹰
正展开宽阔的翅膀。
沉重的铁链，还有迅猛的雷电，
在那雄伟的石柱上绕了三匝；
白色的浪涛哗哗地扑打着柱脚，
破碎了，激起晶莹的浪花。

在郁郁葱葱的松林浓荫中，
另一座纪念碑[②]普普通通。
啊，卡古尔河岸，和你相比它多么渺小！
可它是亲爱祖国的光荣！
啊，俄罗斯巨人，你们是永世不朽的，
在战斗的暴风雨中你们锻炼成长！
啊，功臣们，叶卡捷琳娜的朋友，
你们的美名将世代为人颂扬。

啊，名留青史的战乱时代，
你是俄罗斯人的光荣见证！
你目睹奥尔洛夫、鲁缅采夫和苏沃洛夫[③]
这些斯拉夫人的威严的子孙，

---

① 指纪念俄国名将亚·格·奥尔洛夫（1737—1807/1808）的纪念碑，奥尔洛夫因在切什梅战役中获胜而获得“切什梅”的封号。
② 指纪念俄国名将彼·亚·鲁缅采夫-扎杜奈斯基（1725—1796）的纪念碑。
③ 苏沃洛夫（1730—1800），俄国统帅。

用宙斯[①]的雷霆夺取了胜利；
全世界为他们英勇的战绩而震惊；
杰尔查文和彼得罗夫曾用铿锵的诗琴
　　高声讴歌这些英雄。

　　可是你这难忘的时代也飞逝了！
　　一个新的时代不久后又看见
一场场新的战争和战乱的惨状；
　　黎民的命运原离不开苦难。
那只好战的手掌又挥起血腥的利剑，
上面闪耀着皇帝[②]的狡猾和疯狂；
世界的灾星升起了，一场狂暴的战争
　　很快又放射出可怕的火光。

　　敌人像一股汹涌的急流
　　奔突在俄罗斯人的土地上。
昏暗的草原还沉浸在深沉的梦境，
　　鲜血的热气在旷野里飘荡；
和平的村庄和城市在黑暗中燃烧，
天空被熊熊的大火照得通红，
茂密的森林掩护着逃难的百姓，
　　犁铧生了锈，没有人使用。

---

① 希腊神话中的主神，即罗马神话中的朱庇特。他威力无边，是诸神和人类的主宰。
② 指拿破仑。

敌军在进攻——势不可当，
一切都摧毁了，化为灰烬，
柏洛娜[①]那些阵亡的子孙，一个个幽灵，
结成了一支游魂的大军。
他们不断走进幽暗的坟墓，
有的在静谧的黑暗里流浪在森林中，
但响起了呐喊声，迷茫的远方军队在行进！
盔甲和宝剑发出铿锵的和鸣！……

颤抖吧，异邦的军队！
俄罗斯的儿郎正开往前线；
老少齐奋起，向顽敌发起猛烈的攻击，
复仇的怒火燃烧在他们的心间。
发抖吧，暴君！覆灭的时刻已经临近！
你会看见，每个士兵都勇不可当，
他们立下誓言：不是获胜就在战斗中牺牲，
为了罗斯，也为了神圣的教堂。

烈性的战马斗志昂扬，
漫山遍野布满了士兵，
队伍连着队伍，人人敌忾同仇，
胸中激荡着杀敌的热情。
军队奔向残酷的血宴，给刀剑寻找祭品，
战斗打得白热，高地上大炮齐鸣，

① 罗马神话中的女战神，战神马尔斯的妻子或姐妹。

烟尘滚滚的空中，刀箭嗖嗖直响，
　　盾牌上布满了血痕。

　　双方杀得难解难分，俄国人胜利了！
　　不可一世的高卢人①在纷纷逃窜；
但是天庭的主宰在战斗中还给那强者
　　洒下最后一束光线，
白发的统帅②并不在这里叫他灭亡，
啊，鲍罗金诺，血流成河的战场！
高卢人的猖獗和傲气并不就此收敛，
　　唉，他们爬上了克里姆林宫城墙！……

　　莫斯科，我亲爱的故乡，
　　在我青春年华的清晨，
我在你怀里消磨了多少欢乐的黄金时刻，
　　不知道痛苦，也没有遭到厄运。
你见到过我的祖国的仇敌，
鲜血曾把你染红，烈火曾把你吞没！
但我没有牺牲生命来为你复仇，
　　只是空怀满腔的怒火！……

　　教堂林立的莫斯科啊！何处是
　　你的美景，何处是故国的旖旎风光？

---

① 指法国人。
② 指库图佐夫（1745—1813），俄国统帅，1812 年卫国战争的总司令，指挥过鲍罗金诺战役。

从前映现在眼前的雄伟城市
　　如今竟成了一片瓦砾场；
莫斯科啊，你的荒凉使每个俄国人吃惊！
沙皇和王公将相的宫殿都荡然无存，
一切都被大火焚毁，塔顶都黯然无光，
　　富豪的高楼也成了灰烬。

　　从前绿荫如盖的树林和花园
　　掩映着金碧辉煌的殿堂，
那里香桃木[①]散发着芬芳，菩提树婆娑起舞，
　　如今只有焦炭、灰烬和断墙。
在夏日的夜晚，在那美妙的静谧时刻，
人们嬉戏的欢笑声再不会传到那里，
河岸和明亮的树林再不会燃起辉煌的灯火，
　　一切都荒芜了，一切都归于沉寂。

　　宽心吧，俄罗斯城市之母，
　　请看那侵略者的覆亡，
如今造物主已伸出复仇的右手，
　　按下他们那高傲的颈项。
看吧，他们正在逃窜，连回头都不敢，
他们血流成河，把雪地浸润，
逃窜着——在黑夜中遭到饥饿和死亡，
　　俄国人的剑在后面追赶他们。

① 一种常青植物，象征爱情、欢乐、饮宴和悠闲。

啊，你们都被欧洲
强大的民族吓得发抖，
啊，高卢强盗，你们都被投入了坟墓，
啊，多么可怕，多么严峻的时候！
你在哪里，幸运和柏洛娜的宠儿？
你曾蔑视信仰、法律和真理之声，
你目空一切，妄想用刀剑推翻各国君主，
但你消失了，像拂晓时的噩梦！

俄国人进入了巴黎！复仇的火炬在何处？
高卢啊，快低下你的脑袋。
但我看见了什么？俄国人送来了金色的橄榄枝，
面带微笑来把冤仇解开。
但远处还轰响着战斗的炮声，
莫斯科像北方的草原一样阴沉，
可它带给敌人的不是灭亡，而是援救
和对国土有益的和平。

啊，充满灵感的俄罗斯诗人[1]，
你曾歌唱过勇猛的大军，
请在你的朋友们当中用你火热的心
弹起黄金铸成的诗琴！
请再次为英雄们流泻出你那和谐的声音，

① 指茹科夫斯基。

那颤动的琴弦会在众人心中播下火种，
年轻的士兵会振奋起来，抖擞精神，
　　在战争诗人的歌声之中。

罗曼斯[①]

在一个秋雨绵绵的傍晚，
有个少女行走在野地里，
她那颤栗的双手怀抱着
不幸爱情结下的秘密果实。
森林和山峦是那么寂静，
一切都在黑夜中沉睡，
她怀着恐惧抬起眼睛，
仔细环顾着她的周围。

她叹了一口气，把目光停在
这个无辜的婴儿身上……
“你睡着，孩子，我的心肝，
你不懂得母亲心中的悲伤，
等你睁开眼睛就会痛哭，
你再不能贴近妈的心，

① 意为爱情故事、抒情诗，音乐上译为浪漫曲。

明天你再也尝受不到
你那不幸母亲的亲吻。

“你怎么呼唤她也是枉然！……
我的罪孽将成为一生的羞耻，
你永远也不会记得亲娘，
而我却不会把你忘记；
别人会把你抚养成人，
告诉你：‘你不是我家的孩子！’
你会问：‘我的爹娘在何方？’
但你找不到亲人的踪迹。

“我的宝贝在别的孩子中间
将忍受绵绵愁思的痛苦！
一生都怀着忧郁的心情
注视母亲们对儿女的爱抚；
你将孤独地到处流浪，
诅咒这极不公平的世界，
你会听到恶毒的谩骂……
那时候你要宽恕我啊，宝贝……

“也许，你这可怜的孤儿，
会找到并且拥抱你的父亲，
啊！他在哪里，亲爱的负心汉，
我至死难以忘怀的心上人？
那时你要安慰那苦命的孩子，

告诉他：‘她已经与世长辞，
劳拉受不了生离死别，
已经抛弃这凄凉的人世。’

“瞧我说了些什么？……也许
你会遇到罪孽深重的母亲，
你悲伤的眼睛会使我惊慌！
亲生的儿子怎能不相认？
啊，但愿我虔诚的祈求
能感动那严酷的命运之神……
但也许我们会当面错过，
我将要和你永远离分。

“不幸的孩子，你在安睡，
最后一次紧偎着我的胸膛，
是这不公正的可怕的法律
判给我们痛苦和悲怆。
趁着年龄尚未驱走你的
欢乐，你睡吧，我的孩子！
生离的悲痛暂时还不会
触动你童年宁静的日子！”

但是树林后边的月亮突然
照亮了她近旁的一座小屋……
她颤抖着抱紧怀里的孩子，
向小屋慢慢地移动脚步；

她弯下腰，轻轻地把婴儿
放在那陌生人家的门口，
恐惧地把目光转向一边，
在黑暗的夜色中悄悄溜走。

勒　达[1]

（颂诗）

幽暗的小小树林里，飘香的菩提树荫下，
高高的芦苇丛当中，流动着银白的小河，
　　微风轻拂着小河的流水，
　　波浪泛起珍珠般的泡沫，
　　一个含羞的美女脱下衣衫，
漫不经心地把它扔在小河的岸上，
那流水漾起翻腾激荡的碧波，
　　把少女迷人的躯体快乐地摇荡。

　　你这树林里匆匆的居民，
　　请你安静点，啊，小溪！
　　静静地流呵，潺潺的流水！
　　可别惊动这美丽的少女！

---

① 希腊神话中斯巴达国王廷达瑞俄斯的妻子，宙斯曾迷恋她的美丽，变成天鹅向她求爱。

勒达胆小地瑟瑟颤抖着，
雪白的胸脯微微地起伏，
波浪不复在她身旁拍响，
微风也不敢对着她轻拂。

树林停止了簌簌的喧闹，
天地在美妙的静谧中沉醉，
林神相信了胆怯的波浪，
继续着她那不休的巡弋。

但是岸边的灌木丛里突然响起了声音，
那美丽的少女给吓得心里发了慌；
她不由得颤抖了一下，不敢喘一口气，
这时在依依的垂柳旁出现了鸟类之王。
它展开那骄傲的双翼，
游向美丽的少女——心里充满了欣喜；
它庄重地驱赶着波浪，激起哗哗的浪花，
它搏动着双翼，
时而拳起长颈，
时而谦逊地对着勒达把骄傲的头低垂。

勒达高兴地笑了，
突然响起一声
喜不自胜的欢叫，
多么放荡的场景！
在俊俏的勒达面前，

天鹅俯伏在水里，
响起一声呻吟，
又悄然静寂，
那林中的女神，
在柔情中沉醉，
暗地里看见了
两个天神的奥秘。

妙龄的美女终于清醒了过来，
她睁开平静的眼睛，懒洋洋地叹息，
她看见了什么？——在鲜花铺成的卧榻上，
她安静地躺在宙斯的怀里；
　　年轻人的爱情在他们的胸中激荡，——
那迷人的良辰美景已为他们从天而降。

你们要接受这个教训，
玫瑰花儿，美丽的女郎，
要当心哪，在夏天的傍晚，
在幽暗树林里的小河上：

在那幽暗的树林里，
热情的厄洛斯常在那里躲藏，
他随着清凉的溪水奔流，
把他的箭藏在浪花中间。

你们要接受这个教训，

玫瑰花儿，美丽的女郎，
要当心哪，在夏天的傍晚，
在幽暗树林里的小溪上。

STANCES[①]

您曾否见过娇柔的玫瑰?
春回大地时，它蓓蕾初放，
它是明媚春日的爱女，
它是甜蜜爱情的形象。

如今叶芙朵季雅正出落得
像它一样，也许还要娇艳，
春天屡屡看到她盛开，
俏丽、娇嫩，像它那样绚烂。

可是，啊，那狂风和暴雨，
这些严冬的残暴儿子，
很快就在我们头上咆哮，
冻结了江河、土地和空气。

---

① Stances（斯坦司），一种四行诗体。此诗用法文写成。

再没有花朵，再没有玫瑰！
那爱情的可亲可爱的闺女，
刚刚开放，便枯萎凋落了，
那明媚的春日就这样逝去！

叶芙朵季雅！爱吧！时光不饶人，
珍惜您这快乐的华年，
到我们老境凄凉的时候，
难道能见到爱情的火焰？

我的肖像[①]

您向我讨取我的肖像，
我只能按本性描写一下：
亲爱的，它立刻就能画成，
但只是一幅小型的图画。

我是个年轻的浪荡公子，
还在初级学校里读书；
一点不愚蠢，说起话来
不腼腆，也不会丑态百出。

我从来不是个饶舌的人，
也不是巴黎大学的博士——
那种人和我本身相比，
更咋咋呼呼，更令人鄙视。

① 此诗用法文写成。

我的身材和那些细高个
确实未必能比个高下；
我脸色红润，头发金黄，
还有一头拳曲的头发。

我喜欢人群，人多时的热闹，
我深深憎恨孤独的烦恼；
我厌恶争吵和无尽的辩论，
其中也包括枯燥的说教。

我非常喜爱戏剧和舞会，
还有，若要我将实话奉告，
我要说，我还喜欢……
如果不是在皇村学校。

我亲爱的朋友，凭这些特点
您已经可以认识我的风貌。
不错，我喜欢这种本色，
上帝是这样把我创造。

恶作剧，我是真正的魔鬼，
我的脸和猿猴可相提并论，
我的举止非常非常轻佻，
您瞧，这就是真实的普希金。

五一八一

致娜塔莎[①]

美丽的夏日枯萎了，枯萎了，
明媚的日子正在飞逝；
夜晚升起的潮湿的浓雾，
正在昏睡的夜色中飞驰；
肥沃的土地上庄稼收割了，
嬉闹的溪流已变得冰冷；
葱茏的树林披上了白发，
天穹也变得灰暗朦胧。

娜塔莎，我的心上人，你在哪儿？
为什么看不见你的倩影？
难道你不愿意和心上的人儿
共享这仅有的短暂光阴？
无论在波光潋滟的湖面上，
无论在芬芳的菩提树荫里，

① 诗中虚拟的女性名字。

无论是早晨，无论是夜晚，
我都看不见你的踪迹。
冬天的严寒很快很快
就要把树林和田野造访，
熊熊的炉火很快就要
把烟雾腾腾的小屋照亮。
我啊看不见这迷人的少女，
独自在家里暗暗地伤感，
像一只关在笼子里的黄雀，
只把我的娜塔莎思念。

小　城[1]

（致＊＊＊）

　亲爱的朋友，原谅我
两年来未曾问安，
哪怕给你写封信，
我也找不到空闲。
自从乘着三驾马车
离开简朴的家园，
来到伟大的彼得城，
我度过一天又一天，
过着无事忙的日子，
两年来直忙得团团转，
我打哈欠，找乐子，
又上剧场，又赴宴；
我没有一天清静，
唉，没有一时的安宁，

① 这首诗属于轻松讽刺的卡拉姆辛派书信诗，描写了许多现实生活的细节。但本诗的情节是虚构的，并非表现普希金本人的生活，只是其中谈及诗人所读的作品，和诗人的生活是一致的。

就像复活节的礼拜四，
精疲力竭的诵经士
在诵经台旁念经。①
但是，荣耀归于主，
这会儿我好歹总算
走上了平坦的大路；
我把操劳和悲伤
一起推出了大门，
实在惭愧，它们竟
长久地把我戏弄。
我这懒惰的聪明人，
远离喧嚣的人群，
来到了这座小城，
在神圣的静谧之中，
为无闻感到幸运。
我租下一所明亮的小屋，
有长沙发还有壁炉，
三个房间很普通，
没有金银古铜器物，
也没有订购的地毯
把嵌木地板保护。
小窗朝向悦目的花园，
那里的菩提古老苍劲，
稠李花儿竞相开放；

① 这一天教堂里特别忙，要念很长时间的经。

在炎热的中午时分，
葱郁的白桦林荫道
给予我阴凉的树荫；
那里雪白的铃兰花
间杂着娇柔的紫罗兰，
一道湍急的溪流
淙淙地流过篱笆旁，
那不为人注目的水流
把一朵小花带往远方。
你的善良的诗人
在这里生活得很称心；
不用去社交界应酬；
也听不见大街上
轿车烦人的辘辘声；
这里是那么清静；
只偶尔有一辆大车走近，
在马路上发出咿呀声，
或者赶路的旅人
来我家临时借宿，
用他赶路的手杖
轻敲着我家的栅门……

　这样的人有福了，
他能自得其乐，无虑无忧，
福玻斯与小厄洛斯
和他暗暗交上了朋友；

这样的人有福了，
他能在广阔的天地里，
在僻静的角落，戴着睡帽，
无忧无虑地度日，
想吃就吃，想喝就喝，
全不用为客人终日奔忙！
没有人，没有人来打扰，
他可以单独一个人
在床上睡一会儿懒觉；
心血来潮，他可以
召来一大群诗神，
愿意，就甜甜地睡一觉，
俯身对着里甫马托夫，
静静地打一会儿盹。
亲爱的朋友，我现在
过的就是这样的日子；
和一大群无耻的仆人
永远脱离了关系；
我独自躲进书房里，
一点不感到孤寂，
我是那么满心欢喜，
常把整个世界忘记。
我的朋友是一群古人，
帕耳那索斯的献身者；
在那普通的书架上，
在塔夫绸的窗帘下，

他们和我共同生活。
歌手个个健谈活泼，
散文家也风趣诙谐，
他们都在这里排排坐。
莫摩斯[①]和密涅瓦的儿子，
诗人中的卓越之士，
菲尔奈[②]的恶毒宣传家，
皓首的顽童，你也在这里！
他为福玻斯所养育，
从小就是个诗人；
他拥有最多的读者，
却很少人为他伤脑筋；
他是欧里庇得斯[③]的对手，
温柔的埃拉托[④]的友人，
阿里奥斯托[⑤]和塔索[⑥]之孙，
还用我说吗？……老实人[⑦]的父亲——
他处处显得伟大，
是个无与伦比的老人！
除了伏尔泰，还有
维吉尔、塔索和荷马，
一个个出现在书架。

---

① 希腊神话中嘲弄与非难指摘之神。
② 法国启蒙思想家伏尔泰曾在瑞士菲尔奈居住，本句指伏尔泰。
③ 欧里庇得斯（约前 480—约前 406），古希腊三大悲剧家之一。
④ 希腊神话中缪斯之一，主管抒情诗。
⑤ 阿里奥斯托（1474—1533），意大利诗人，主要作品有《疯狂的罗兰》。
⑥ 塔索（1544—1595），意大利诗人，代表作《耶路撒冷的得救》。
⑦ 伏尔泰的同名哲理小说的主人公。

在清晨闲暇的时刻，

我喜欢翻阅它们，

叫它们彼此离分。

年轻的美惠女神的后裔，

多愁善感的贺拉斯①，

接着也和杰尔查文

双双来到我这里。

还有你，亲爱的歌手，

你以令人沉醉的诗篇

迷住了千万颗心，

你也在这里，快乐的懒汉，

心地纯朴的哲人，

诗人瓦纽沙·拉封丹②！

亲切的德米特里耶夫

因喜欢你的构思，

和克雷洛夫③在你身旁

找到了可靠的栖息之地。

这是金翅膀的普赛克

所挚爱的亲密朋友④，

啊，心地善良的拉封丹，

他竟敢和你来一场格斗……

如果你还能感到惊奇，

---

① 贺拉斯（前 65—前 8），古罗马诗人。

② 拉封丹（1621—1695），法国寓言诗人，写有《寓言诗》12 卷。

③ 克雷洛夫（1769—1844），俄国寓言作家。

④ 普赛克，一译普绪喀，希腊神话中人类灵魂的化身，以少女形象出现。她和爱神厄洛斯相恋，此处亲密的朋友即指厄洛斯。

那就惊奇吧：你不是对手！
爱神阿穆尔所培育的
韦尔吉耶、巴尔尼和格雷古[①]，
都在角落里落户
（在冬天的傍晚时辰，
他们不止一次走出来，
驱走我眼前的梦神）。
这里还有奥泽罗夫[②]、拉辛[③]，
卢梭和卡拉姆辛[④]，
文学泰斗莫里哀，
冯维辛[⑤]和克尼亚日宁[⑥]。
接着是严厉的批评家[⑦]
庄严地皱着双眉，
正气凛然地出现在
他那十六卷巨著里。
虽然做诗匠都害怕
拉加普的鉴赏力，
可我得承认，我还是
常花时间看他的文学史。

---

① 韦尔吉耶（1657—1720）、巴尔尼（1753—1814）、格雷古（1683—1743），都是法国诗人。
② 奥泽罗夫（1769—1816），俄国剧作家。
③ 拉辛（1639—1699），法国剧作家。
④ 卡拉姆辛（1766—1826），俄国感伤主义诗人、历史学家，编有《俄罗斯国家史》12卷。
⑤ 冯维辛（1745—1792），俄国剧作家，代表作《纨绔少年》。
⑥ 克尼亚日宁（1740/1742—1791），俄国剧作家、诗人。
⑦ 指拉加普（1739—1803），法国作家、评论家，著有16卷的世界文学史。

那些小学生的言谈，
蒙着厚厚的灰尘，
找到了葬身之地，
在书架的最底层，
维兹戈夫[①]的著作，
格鲁彭[②]的赞美诗，
呜呼！这些个作品
只有老鼠最熟悉。
祝愿这些诗歌与散文
得以长眠，被永久遗忘！
(你也知道这缘由，)
我利用它们作伪装，
把一本羊皮笔记簿
秘密在其中收藏。
这一卷宝贵的手稿
已珍藏了几世纪，
我无偿地得到它，
是我的一个堂兄弟，
俄国军队里的军人，
一个骠骑兵的赠与。
看样子，你有点怀疑……
其实这不说自明；
是这样，这是些不愿

---

① 维兹戈夫指维斯科瓦托夫（1786—1831），“俄罗斯语文爱好者座谈会”成员。
② 格鲁彭指俄国诗人鲍勃罗夫。

送出去发表的作品。
帕耳那索斯镣铐的仇敌，
“荣誉的子孙，我赞颂你们！”①
啊，公爵，缪斯的密友②，
我喜爱你的诗歌游戏，
喜爱你的书翰之中
辛辣讽刺的诗句，
讽刺诗中的世界知识
和你纯净的文体，
热情奔放的歌咏中
轻松活泼的俏皮。
还有你，大胆的讽刺诗人③
也在其中占一席之地，
你在阴间发出的嘘声，
叫诗人们激愤不已，
就像年轻的时候
你把他们一起推进
雾茫茫的忘川波浪里；
还有你，精于构思的
布雅诺夫的歌者④，
你有那么多珍贵的描写，

① 此句摘自俄国诗人茹科夫斯基的《俄罗斯军营的歌手》。
② 指德·戈尔恰科夫（1758—1824），他写过一些讽刺诗，以手稿形式广为流传。
③ 指巴丘什科夫，他写过讽刺诗《忘川岸上的幽灵》。
④ 指诗人的伯父瓦·里·普希金，写有长诗《危险的邻居》，未发表，在社会上流传。布雅诺夫是长诗的主人公。

你的鉴赏力堪称楷模；
还有你，无价的诙谐作家①，
你竟把悲剧女神
专用的厚底靴和短剑
交给淘气的喜剧女神！
谁的笔能为我描绘，
谁的笔能描写出
这样的人物性格！
我在这里看见黑姑娘
和波德希巴一起流泪，
公爵在长凳下发抖，
整个议会在那里打瞌睡；
几个被俘的皇帝
在悲剧性的动乱中
忘记了战争和厮杀，
把陀螺转个不停……
我还要提到一位好汉②，
他抓住有利时机，
他把自己的逸事
写满了半本笔记！
啊，在帕耳那索斯山上，
你是一位不大的贵族，
但在烈性的珀伽索斯背上，

---

① 指克雷洛夫，他著有滑稽悲剧《波德希巴》，黑姑娘、波德希巴和公爵都是其中的主人公。
② 指巴尔科夫，淫秽作品的作者。

你却是个豪勇的骑士！
胡乱涂写的颂诗，
装饰阁楼的废物，
一代一代地高叫：
伟大，伟大，斯维斯托夫[①]！
我知道你有多少才能，
虽然我不是很内行，
但在这里我却不敢
为你编织恭维的花环：
应该用斯维斯托夫的笔法
来歌颂斯维斯托夫；
可是，见你的上帝去吧，
要是像你一样，我发誓，
从此我不再写作。

啊，你们，这荒凉住处的
我所挚爱的作者！
从今天开始，请你们
占用我悠闲的时刻。
我的朋友！和他们在一起，
我有时独自沉思默想，
有时随着自己的思绪
飘飘然进入了天堂。

① 蹩脚诗人赫沃斯托夫的绰号。他喜欢为别人朗诵自己的诗歌，使人十分厌烦。

当夕阳西下的时候，
晚霞的最后一缕光芒
在灿烂的天边隐没，
一个个明亮的君王，
闪烁不定的夜空的主宰，
便优游地出现在天上，
树丛在静静地打盹，
林中响起飒飒声，
我的保护神已悄悄
翱翔在我的头顶；
在这夜晚的寂静里，
我把自己的歌声
融进牧童的风笛。
啊！谁能在青春年华
从福玻斯手里得到诗琴，
他就是最幸福的人！
他会像天庭里勇敢的居民
高高地飞向太阳，
成为超凡脱俗的人，
而荣誉将向他大声宣告：
“诗人不朽，将百世流芳！”

　但我是否为荣誉而骄傲？
但我是否为不朽而竞逐？……
我乐于拼命去争辩，
却不为此而打赌。

也许有那么一天，
天神阿波罗想起
在我身上打上他的印记；
我闪耀着天神的光芒，
大胆地振翼高飞，
登上缪斯的赫利孔山。
我不会完全化为灰烬，
也许福玻斯的年轻儿子，
我的文明的曾孙，
会在一天的午夜里
来到我这先祖的跟前，
和我的幽灵谈天，
并且在我的鼓励之下，
抚着诗琴，为我轻叹。

　亲爱的朋友，此刻
我被壁炉的火光照亮，
正坐在窗口前面，
对着羽笔和纸张。
如今，我心潮澎湃，
不是因为面对荣誉，
而仅仅是为了友谊。
我的朋友，我感到幸福无比。
为什么友谊的姐妹，
青春年华的爱恋
使我的心枉自狂燃？

难道说金子般的青春
枉然赐与我玫瑰，
在我那痛苦的命运
开始形成的尘世，
却注定我要永远流泪？……
歌手的亲密旅伴，
任意驰骋的梦幻！
啊，愿你同我在一起，
和快乐握手言欢，
拿出你的大酒杯，
沿着恍惚的小径，
带我登上幸福之巅；
在夜阑人静的时刻，
当那安眠的罂粟[①]，
催我闭上慵倦的双眼，
请展开轻风般的双翼，
来到我狭窄的小屋，
轻轻敲开我的门扉，
在那迷人的静谧中，
拥抱你钟情的伴侣！
梦幻！在这魔幻的居室，
请展现我亲爱的姑娘，
我的宝贝，我善良的女神，
我的爱情倾注的对象，

① 罂粟是梦、安宁、舒适的象征。

闪耀天庭光芒的双眸——
它将爱火注入众人的心坎，——
那迷人的优美形体，
雪花般洁白的容颜；
想想看，她已经安静地
坐在我的双膝上，
在一阵阵绵绵的情意中，
她俯身对着我，用她
热烈的胸脯紧贴我的胸膛，
嘴唇对着我的嘴唇，
美人儿脸蛋儿绯红，
激动得热泪盈眶！……
为什么你像无形的箭
一会儿已飞到远方？
你把我哄骗，得手了，
就溜掉，一去不回还！
没听见我的哭泣和呻吟，
如今飞逝的梦在何方？
诱惑者已经消失，
留在心里的只有惆怅。

　但是，亲爱的朋友，
谁能常在幸福中陶醉？
受苦的灵魂在愁闷中
也在寻找着乐趣：
我喜爱在夏日里

怀着忧愁独自散步，
在静悄悄的河岸上
迎接黄昏的薄暮，
眼中含着甜蜜的泪水
遥看昏黑的远处；
我喜爱带着马洛①
在晴朗的天空底下
到湖岸旁边小坐，
那里雪白的天鹅
离开岸边的庄稼，
怀着爱恋和柔情
偕同它亲密的挚友
骄傲地仰起长颈，
在金色的波浪上畅游。
或者，为了散散心，
放下阅读的书本，
在我闲暇的时刻，
到一位亲切的老太太那里，
喝一杯芬芳的清茗；
我无须去吻她的手，
也无须对她碰响鞋跟，
她也不对我行个屈膝礼，
立即就对我说出
好多好多的新闻。

---

① 即古罗马诗人维吉尔。

她从四面八方收集
各种各样的消息，
什么事情她都要打听：
谁在谈恋爱，谁家死了人，
谁家的妻子赶时髦，
给丈夫戴上绿头巾，
谁家的菜园子里
白菜花儿开得勤，
有个福玛无缘无故
把老婆教训了一顿，
安托什卡弹着弹着
打断了他的三弦琴，
老太太把新闻都说遍，
她一边讲着各种事，
一边编结着衣裙；
我静静地坐在那里，
想着自己的心事，
没有听进她的新闻。
我记得有一次在京城
聆听大胆作诗的
斯维斯托夫的诗歌，
那时他兴高采烈
给我读自己的创作，
啊，当时，我敢肯定，
是上帝在考验我的耐心！

有时，我那善良的芳邻，
他已经七十挂零，
早已解除了军务，
是个少校——退休的军人，
他出于友谊邀请我
到他家里去宴饮。
在这欢乐的晚宴上，
老头儿好不开心，
他手捧祖传的酒杯，
畅谈往日的功勋，
在他受伤的胸膛
佩戴着奥恰科夫勋章，
回想那一次战斗，
连队一马当先在战场，
他迎着荣誉冲向前，
不料碰上了炮弹，
倒在血染的谷地，
手里还握着宝剑。
我总是由衷地高兴
和他一起消磨时间，
可是，上帝，对不起！
我实在十分抱歉，
对你那些神职人员，
在城里任职的教士，
我怕听他们交谈，
为此我不能忍受

那些结婚的筵席，
因为那些乡村教士，
我一点也不喜欢，
就像犹太教让教皇讨厌，
和他们同流合污的
只有刁钻古怪的书吏——
他们受贿发了财，
还支持别人进谗告密。

　不过，亲爱的朋友，
我们若能很快见面，
在畅饮几杯之后，
忧愁就将烟消云散，
那时，我对上帝发誓
（我一定履行誓言），
我愿和乡村教士
在一起祷告上天。

水与酒

我喜欢在酷暑难当的中午，
从小溪里掬起一捧凉水，
在远离尘嚣的静谧树林里
观看碧波拍岸的小溪。
当有人往酒杯里斟满美酒，
泡沫冒出传递的酒杯，
朋友们，你们说，谁不从心里
兴高采烈得流下热泪？

要是有人被狂暴的恶念
迷了心窍，首先伸出罪恶之手，
啊，可怕！……往酒里掺了水！
这狂徒定会遭到诅咒，
连同这流氓的祖宗八代！
让他从此再不能饮酒，

或者，分不清拉斐特和齐姆良[①]，
即使有几杯美酒在手！

① 拉斐特，法国产的红葡萄酒；齐姆良，俄罗斯产的葡萄酒。

情　变

“一切都过去了！
恋爱的花季
已擦身而过。
爱情的磨难！
你权且偷安
于遗忘的王国。
于是我尝到了
情变的甘甜；
我遗忘了骄傲的
海伦的锁链。
心灵，你自由了！
把一切遗忘吧；
有了新朋友，
你就很欢畅，
等春风一起，
娇艳的玫瑰
将醉倒风郎。

在风流的少年，
我曾经深陷
美女的情网。
我不再长吁
和短叹，我要
将爱情遗忘；
再不受煎熬！
心中的悲愁
将很快了断。
年轻的歌手，
海伦的美艳
可是为你而生，
像一朵玫瑰？……
所有为她的美
而倾倒的人，
将成群结队
把梦想猛追；
在恬静的家园，
在老家的庭院，
我顺从天意，
借助一杯酒，
用它来解愁。
我端坐竖琴前，
为我的朋友，
用灵巧的双手，
拨动那琴弦。”

在落寞的分离中，
我独自遐想，
在悲伤和痛苦中，
我寻找欢畅；
我多想驱散
心中狂燃的
海伦的倩影。
在去年春季，
我忽然想起
对赫洛亚钟情。
像晨光熹微时的
一阵阵轻风
把一片树叶
频频地吹动，
我这多变的人
怎能够安分，
于是激情汹涌，
对丽拉、婕米拉
和众美人钟情，
更向她们献上
心儿和诗琴。
结果呢？我枉然
从美人的胸前
拉下她的披肩。
想离弃亦徒然！
我心中猛燃

海伦的倩影！
我心中的欢愉，
我冷若冰霜的爱人，
为了我的愁绪，
你快回来吧！
不幸的诗人
白白地吁求，
心中的遗恨
竟没有个尽头……
我心头凄凉，
无尽地悲伤，
寻找着归宿！
我为世人所遗忘，
头戴着荆冠，
在锁链下苦度……

致李锡尼[①]

李锡尼，你可曾看见，年轻的维杜里[②]
头上戴着桂冠，身穿绛红的宽袍，
神情傲慢地斜躺在飞快的马车上，
穿过密集的人群奔驰过通衢大道？
你看，大家都对他谦卑地鞠躬致敬，
你看，卫士们都在驱赶不幸的人民！
一长串谄媚者、元老院议员和美女
用一双双媚眼瞧着他，都那么恭顺；
他们颤栗着捕捉他的一笑和顾盼，
就像在等待诸神降下奇妙的祝福，
无论幼小的儿童还是白发的老叟，
都默默地在这偶像前面跪拜俯伏：
对于他们，那在泥泞上留下的车辙
也是一种可敬而且神圣的纪念物。

① 普希金在这首诗里借古代罗马喻当代俄国。李锡尼是公元前 4 世纪的罗马护民官。
② 李锡尼的宠臣。

啊，罗慕路斯[①]的人民，你倒下很久了吗？
是谁把你们奴役，用强权制服你们？
堂堂的公民竟然受到重轭的压制。
啊，苍天，谁的，你们都成了谁的顺民？
（要我说吗？）是维杜里！祖国的耻辱，
一个淫荡少年竟登上成人的议院；
暴君的宠儿竟把软弱的元老院统治，
给罗马戴上枷锁，损害祖国的尊严；
维杜里做了罗马皇帝！……啊，耻辱，啊，时代！
莫不是整个世界遭到了灭亡的灾难？

但那是谁在柱廊下面低着头行走，
披着破烂的斗篷，拄着行路的手杖，
满面愁容正穿过熙熙攘攘的人群？
“达梅特[②]，真理的朋友，哲人，你去何方？”
“我漫无目的，我早已看到，并且沉默，
我憎恨奴役，要离开罗马，永不回还。”

李锡尼，我的好朋友！我们不也可以
恭顺地向福耳图娜和理想膜拜，
学习那白发的犬儒主义者的榜样？
不也可以把这个淫乱的城市远远抛开？——
无论法律、正义，还是执政官、护民官，

① 传说中罗马城的建立者，王政时代的第一王。
② 诗中虚拟的名字。

甚至荣誉、美色，这里一切都可以买卖。
让格莉采丽亚[1]那个年轻的美人儿
像公用的酒杯一样，为公众所享用，
把一些涉世不深的人拉进买卖的网！
我们这些老年人都羞于任意放纵，
让爱虚荣的青年去尽情寻欢作乐，
让无耻的克利特[2]，权贵的奴仆高奈里[3]
去兜售自己的卑鄙，厚颜无耻地
在达官和富豪的府第间爬来爬去！
我的心属于罗马，自由在胸中沸腾，
我的胸中伟大民族的精神没有沉睡。
李锡尼，让我们赶快远远地离开
这忧虑、没头脑的贤士，骗人的美女！
我们蔑视心中忌妒的命运的打击，
把祖国先人的神灵迁移到乡村去！
在古老树林的清荫之中，在大海边，
我们不难找到僻静而明亮的居室，
在那里我们不必担心世人的扰乱，
可以在幽静的山林深处安度晚年，
那里，我们可以安坐在舒适的一角，
对着小小壁炉里熊熊燃烧的木片，
一边啜饮陈年美酒，一边回忆往事，
用无情的尤维纳利斯精神来激励自己，

① 诗中虚拟的娼妓名字。
② 诗中虚拟的名字。
③ 诗中虚拟的名字。

用严正的讽刺诗描绘人间的恶行，
向后代揭露这个时代的风尚习气。

啊，罗马，充满淫荡和暴行的骄傲之邦！
报复和惩罚的可怕一天终会到来。
我已预见到这种威严强盛的末日：
这世界的王冠就要滚落，滚落尘埃。
一些年轻的民族，野蛮争战的儿子，
他们强大的巨掌将对你举起刀剑，
这些民族将会越过千重山万重海，
像奔腾激荡的大河扑到你的身边。
罗马将会消失，被浓重的黑暗吞没，
于是旅人将视线投向这一堆废墟，
将会沉浸在郁悒的思索中，感叹说：
“罗马生为自由之邦，却毁于奴役。”

致巴丘什科夫[①]

从前当我刚刚出生
在赫利孔的山洞里，
为了对阿波罗表示崇敬，
提布卢斯[②]给我洗了礼，
从小哺育着我的是那
灵泉——清澈的希波克林，
我在春天的玫瑰花丛下
成长为一个诗人。

赫耳墨斯快乐的儿子
很喜欢我这孩儿，
在金色、活泼的童年，
送给我一支芦笛。
我和它早就相识，

① 这首诗是普希金 1815 年 2 月在皇村学校和巴丘什科夫会见后写成的。
② 提布卢斯（约前 54—前 19），古罗马诗人。他的诗全部用哀歌体格律写成，主要是爱情诗。

我不停地吹着这笛子，
虽然我吹得不合拍，
但缪斯并不嫌弃。
啊，你这颂赞娱乐的歌手，
波墨斯河女神[①]的友伴，
你对我抱着热望，
要我疾飞在荣誉的诗坛，
要告别阿那克里翁，
跟着马洛的诗篇，
在诗琴的伴奏底下
讴歌战争的血宴。

福玻斯给我的不多：
有限的才能，一点儿愿望。
我远离自己的家园，
在异乡的天空下歌唱，
我怕和鲁莽的伊卡洛斯[②]
一起飞行实属必然，
我不怕艰辛，将走自己的路：
让人人行事凭自己的心愿。

---

① 波墨斯河是发源自赫利孔山的一条河流，波墨斯河女神指缪斯。
② 希腊神话中代达罗斯的儿子。他和父亲被关在克里特的迷宫里，父子二人身上装着蜡制双翼逃出克里特，伊卡洛斯因飞近太阳，蜡翼融化，坠海而死。

厄尔巴岛上的拿破仑（1815）

晚霞的余晖在大洋的深处燃尽，
幽暗的厄尔巴岛上一片寂静，
朦胧的月亮在淡淡的云层当中
　　　缓缓地穿行；
浓重的黑暗笼罩着灰蒙蒙的西方，
天际连着海面，一片迷蒙。
昏暗的夜色中一座荒凉的悬崖上
　　　独坐着拿破仑。
这匪徒正处心积虑，阴谋叛乱，
想把欧罗巴重新套上枷锁，
他目光阴森，遥望着远方的海岸，
　　　恶狠狠地轻声说：
“万物都在酣梦中安享良宵，
汹涌的大海沉浸在茫茫的雾中，
没有一只破船在海上漂动，
没有饥饿的野兽在墓地嗥叫——
只有我，作乱的念头在胸中翻腾……

“啊，这一天能否早日到来，
平静的海洋将在海轮下翻腾，
送我出走，打破这深海的寂静？……
夜啊，在厄尔巴岛上激荡起来！
月亮啊，更深地躲进阴沉的云层！

“无畏的卫队在那里等着我到来。
他们已经集合，正整装待发！
全世界都戴着枷锁，俯伏在我脚下！
我将出现，通过黑暗的大海，
重新以毁灭性风暴扬威天下！

“战争将爆发！紧跟着高卢的雄鹰①，
胜利将手持宝剑突飞猛进，
鲜血的河流将在谷地上沸腾，
我将用炮火推翻各国的王政，
我将亲手摧毁欧罗巴的神盾！……

“但万物都在酣梦中安享良宵，
汹涌的大海沉浸在茫茫的雾中，
没有一只破船在海上漂动，
没有饥饿的野兽在墓地嗥叫，
只有我，作乱的念头在胸中翻腾……

① 高卢指法国，高卢的雄鹰指法国拿破仑的军旗。

“啊，幸福！万恶的诱惑者，
风暴之中我心中秘密的保护神，
从少年时代起你忠实地抚育我，
如今你已经美梦般消隐！
曾几何时，你通过隐秘的计谋
引导我执掌至高的皇权，
又用你果断大胆的手
在我荣耀的头上加冕！
曾几何时，垂下庄严的旗帜，
各民族人民小心翼翼，
颤抖着将自由向我奉献；
在我的四周炮火弥漫，
荣誉闪着光在我的头上
飞翔，展翅在我头上盘旋？……
但可怕的乌云压上莫斯科城墙，
复仇的炮火雷鸣电闪！……
北方的年轻沙皇！你调动了军队，
从此死亡便追随着血染的旗帜，
一代英豪终于被击溃，
人间太平了，上天也欣喜，
而我得到的是耻辱加发配！
我那铿锵的盾牌被击毁，
沙场上我的头盔不再闪亮，
我的剑被扔在河边草地上，
迷雾中已不再闪光。
周围一片死寂。在夜的寂静中，

我枉然感觉到死神发出的哀鸣，
　　闪光的宝剑发出的碰击声
　　阵亡将士难忍的呻吟——
饥渴的耳朵只听到拍岸的涛声；
　　熟悉的喊杀声已经沉默，
　　杀敌的炮火不再发射，
　　复仇的火炬也不复升腾。
但时候到了！命定的时刻已临近！
秘藏着君王的大船就要起航；
　　周围的夜色更加深沉，
　　脸色煞白的叛乱之神
闪动着死亡的目光，安坐在甲板上。
战栗吧！高卢！欧罗巴！复仇，复仇！
痛哭吧，你大难临头，一切将化为灰烬，
一切都将毁灭，付诸东流，
　　我将在废墟上成为新君！”

说完了。天空中仍然一片黑暗，
月亮飘出了远方乌云的帷幔，
将它微弱的光线投向西方；
东方的星辰在海洋的上空闪现，
厄尔巴岛险峻的悬崖下一艘大船
　　正在雾霭中劈浪起航。
啊，强盗，高卢竟把你迎进；
合法的帝王一个个仓皇逃窜。
但你看见了吗？白日已经过尽，

黑暗刹那间遮盖了霞光。
茫茫的大海上笼罩着一片寂静，
天空阴暗，风暴在乌云中积聚，
万物沉默着……战栗吧！死神已来临，
你的命运尚不得而知！

致普欣

（五月四日[①]）

我亲密无间的寿星，
啊，亲爱的普欣！
一个隐士来向你祝贺，
怀着一颗坦诚的心；
出来和我拥抱吧，
但不必敞开大门，
以隆重的礼节欢迎
我这善良的诗人。
这客人不拘礼节，
不需要殷勤备至、
虚假的繁文缛礼；
请接受他的亲吻
和他那纯真的祝愿——
它出自诚挚的内心！

① 5月4日是普欣的生日。普欣（1798—1859），普希金在皇村学校的同学，十二月党人，后被流放到西伯利亚。

为客人摆下酒宴吧；
在打好蜡的小桌上
摆上带把的啤酒杯，
让高脚杯和它成双。
我的多年的老酒友！
让我们暂时忘掉一切。
今天，让我们心中
智慧的灯盏熄灭，
让双翼的时间老人
飞驰得快些再快些！
只有在纵情欢乐中
流失的瞬间才显得贵重。

知心的朋友，你多幸福：
在金子般的宁静里
你一日复一日度过
无忧无虑的日子，
你在优雅的谈论中
不知道人间的厄运，
你像贺拉斯一样生活，
虽然你不是个诗人。
在并不富裕的家庭里，
你从来无缘结识
脸色阴沉的神父

和不祥的希波克拉底[1]；
在你家门口你不会
遇到成堆的愁苦，
只有快乐和厄洛斯
才找到去你家的道路；
你喜欢碰杯的声音
和烟斗浓浓的烟雾，
而那作诗狂的恶魔
也没来逼着你吃苦。
在这方面你真幸运；
你倒说说，还有什么
我该向朋友祝愿？
看样子我只得沉默……

　愿上帝保佑我和朋友们
迎接第一百个五月，
在我双鬓染霜的时候
还能够向你吟诵：
“斟满我们的酒杯！”[2]
我的忠实的旅伴，
愿欢乐伴随你的一生！
让我们在碰杯声中
走完人生的旅程！

---

① 希波克拉底（约前406—前370），古希腊医师。此处作一般医师解。
② 引自巴丘什科夫《我的家神》一诗。

致加里奇

　让那愁眉苦脸的凑韵家
把罂粟和荨麻当作桂冠，
热衷于冰冷颂诗的胡编，
用枯燥的笔法写些胡话，
还邀请某个将军去赴宴——
啊，加里奇，你只忠于酒盏
和早晨丰盛油腻的宴请，
慵懒的哲人，我诚心邀请你
来我这诗意的幸福幽居，
我这偏僻温馨的闲庭。
很久了，在我这孤独的庭院，
每逢酒瓶和友人的盛会，
已不见你那带把的酒杯——
久久纵情欢乐的友伴、
宾客俏皮的谈话和笑声。
你本不喜欢埋头于著作，
那就离开杂务和彼得城，

坐上飞驰的三驾马车，
飞到我这快乐的小镇。
你就走进那个犹太佬
佐洛塔廖夫①开设的餐厅，
我们在那儿会聚知音，
痛饮醉人的紫红佳醪，
我们要砰的一声锁上门，
把青春的欢乐紧紧关牢，
再把金色的啤酒倾倒，
面对着桌上神气的馅饼，
朋友们一个个肩并肩坐好，
一起挥动明晃晃的餐刀，
我们勇敢地围住这城池，
刹那间就把它夷为平地；
等到你喝得烂醉如泥，
低垂着头，让它紧靠着双膝，
你想好好地休息休息，
便一头倒在枕头上安眠，
为了睡得更加平静安谧，
你把斟满的一杯酒掀翻，
让它流到破旧的沙发上，
那时候，什么书翰诗、讽刺诗、
抒情叙事诗、寓言、十四行体，
全掉到我们的衣袋外面，

① 佐洛塔廖夫，1811—1817 年皇村学校经济处副学监。

于是这懒汉做起酣畅的梦！……
但是碰杯声又把你吵醒，
你头脑清醒，一跃而起，
丢开被你揉皱的枕头，
你又举起亲密的好友——
小屋里又摆开丰盛的筵席。

啊，加里奇，时光一去不返，
严酷的时刻已很近很近，
荣誉的召唤一旦来临，
我就会扔下鞑靼人的长衫，
离开这令人愉快的小屋。
再见吧，天真纯洁的缪斯！
再见吧，青春欢乐的居处！
我将穿上紧身的裤子，
把骄傲的小胡子卷成圈圈，
让一对肩章金光闪闪，
于是我——庄重的缪斯的学生，
成了少尉军官中的一员！
啊，加里奇，加里奇！快点来吧！
召唤你的有慵懒的美梦，
有不亢不卑的朋友的友爱，
还有美酒洋溢的酒盅！

梦幻者[①]

月亮在空中遨游，
　　山冈上月色朦胧，
湖面上落下寂静，
　　山谷里吹来晚风，
僻静幽暗的树林，
　　春天的歌手沉默着，
畜群在田野憩息，
　　午夜悄悄地飞过；

安适宁静的一角，
　　裹上深夜的幽暗，
壁炉的柴火熄灭了，
　　蜡烛也已经点完；
朴素的神龛里面，

① 这首诗有意和茹科夫斯基的《俄罗斯军营的歌手》对照，作为对此诗的回答。普希金在诗中表示自己是一个追求安宁的梦幻者，无意追求军人的荣誉。

供奉着家神圣像，
泥塑的家神前面，
神灯闪耀着微光。
斜倚着孤独的卧榻，
我把头靠在手上，
我想得深深出了神，
沉浸于甜蜜的遐想；
自由翱翔的梦幻，
借着溶溶的月光，
在神奇的夜幕底下
成群地从天而降，

歌声轻轻地回旋；
金色的琴弦在震颤。
在夜阑人静的时刻，
歌唱着梦幻的少年；
满怀隐秘的忧伤，
心儿在沉默中激奋，
灵巧的五指飞舞在
生气蓬勃的诗琴。

幸福是不在陋室里
向上苍祈求运气！
宙斯是可靠的卫士，
保佑他躲开暴风雨；
他享用着慵懒的舒适，

沉浸在恬适的梦境，
惊天动地的军号
也不能把他惊醒。

让荣誉敲响盾牌，
摆出威武的雄姿，
伸出沾满鲜血的手
从远处向我怒斥，
让军旗猎猎飘扬，
任血战打得白炽——
唯有宁静最美好，
我决不去追求荣誉。

在荒野宁静的小屋，
我安度宁静的日子；
诸神赐我以诗琴，
这礼物对诗人最珍贵；
忠实的缪斯伴着我：
女神啊，我要赞美你！
有了你，我的小屋
和荒野才更宝贵。

在黄金岁月的清晨，
你就将歌手眷眄，
你在他的头顶上
戴上香桃木的花冠，

你闪耀着天神的光芒，
　　飞临他简陋的小院，
轻轻呼吸着，俯身
　　注视着幼儿的摇篮。

啊，我年轻的旅伴，
　　请陪同我直到墓园！
请带上幻梦，展翅
　　在我的头上盘旋；
请驱走愁人的哀伤，
　　用幻象将我迷蒙，
拨开云雾，为我指出
　　生命的欢乐前程！
临终时我将很平静；
　　善良的死神来访，
敲着门，轻轻对我说：
　　“去幽灵憩息的地方！……”
犹如冬晚的美梦
　　降临宁静的卧房，
戴着罂粟的花冠，
　　拄着慵懒的手杖……

给朋友们的遗嘱

我愿意就在明天死去，
像一个幽灵，带着喜悦，
飞往忘川幽静的彼岸，
进入极乐的奇妙世界……
永别了，生活与爱情中的
欢乐和令人沉醉的美妙！
啊，我的朋友们，让人们的
崇敬与注视快点来到！
歌手决心就这样死去。
就这样，借着晚上的月光，
能不能用一袭绣花的白被单
把花园里的草地盖上？
能不能排起长长的队伍
端着斟得满满的酒樽，
走向幽暗沉睡的湖岸，
在那里我们曾促膝谈心？

把那高傲的塞默勒[①]的儿子，
我们诗琴的朋友厄洛斯，
诸神和世间凡人的主宰
都请来参加送别的筵席。
让快乐之神快快跑来，
手里摇着活泼的拨浪鼓，
为了干这泡沫翻腾的一杯，
逗得我们都欢笑捧腹。
让我们亲爱的缪斯女神
结成嬉戏的一群飞临；
给她们献上第一杯美酒，
朋友们，她们的情意是多么神圣；
诗人的手中不会放下
这群亲密友伴的酒杯，
直到黎明前晨星出现，
直到拂晓时曙光熹微；
我要最后一次把芦笛——
我那甜蜜幻梦的歌女
紧紧拥抱在激动的怀里。
我慵倦而酥软，要最后一次
把死亡和所有的朋友忘记；
最后一次在雪白的胸前
畅饮青春岁月的欢愉！
当淡淡的朝霞在黑暗中出现，

① 希腊神话中的大地女神。

把东方染上一片金黄，
银白的杨树沾满晨露，
也披上一层明亮的霞光，
请给我阿那克里翁的果实，
我从他那里领受了遗愿，
于是我沿着一条小径，
走向冥河那忧郁的彼岸。
别了，我的亲爱的朋友，
请把手伸过来，让我们再见！
在我永远离开你们之后，
请你们答应，请你们答应我
好好地执行我的遗愿。
来吧，我的亲爱的歌手①，
你曾歌唱婕米拉和酒神，
我要赠你诗琴和慵懒，
缪斯将翱翔在你的头顶！
你不会忘记我们的友谊，
啊，普欣，浮躁的哲人！
请接受我这满满的一杯
和凋萎的花冠，它用香桃木编成！
在罂粟和百合②编成的卧榻上，
我曾度过慵懒的幸福光阴，
朋友们，我要把这美好岁月的

---

① 指杰尔维格（1798—1831），普希金皇村学校的同学，诗人。他曾写《酒神》《致婕米拉》等诗。婕米拉是诗中虚拟的少女名字。
② 象征纯洁、坚贞。

追忆和心灵留给你们，
我要把诗篇和最后一息
献给遗忘，朋友们，我起誓！

我应该邀请你们都来
参加我的静穆的葬仪；
“孤独清静”的朋友——欢乐
将会把请柬送到你们手里……
你们将头戴花冠手拉手，
大家在这里欢聚一堂，
而在我的棺椁上——诗人
在这里走向赫利孔山林，——
你们流利的刻刀将会镌上：
“这里长眠着年轻的哲人，
阿波罗和恬适生活的子孙”。

致年轻的女演员

你不是克莱隆[1]的继承者，
品都斯山的主人[2]不是为你
订下他那表演的规则；
上帝没有赋予你许多才艺，
你的嗓子，你那些做功，
你那些默默无言的顾盼，
说实话，都不值得人们
报以热烈的掌声和称赞。
残酷的命运注定了你
只能做一名蹩脚的演员。
但克洛雅[3]，你却长得很美丽。
斯美赫[4]到处跟随着你，
应允让情人们快乐欢畅，

---

① 克莱隆（1723—1802），法国著名女悲剧演员。
② 品都斯山的主人指伏尔泰。
③ 虚构的名字。
④ 希腊神话中的欢乐之神。

于是，你面前摆满了花环，
而且肯定轰动了全场。

你呆板地站在我们面前，
唱得一点也不合节拍，
一开口少不了荒腔走调，
但观众们却为你狂热喝彩。
而我们总是用不知疲倦的手
响亮地拍着，人们狂叫：
“好啊！妙啊！[1]实在太妙啦！”
所有的人都为美人儿折服，
爱挑眼的观众也不再吹口哨。
当你为这喝彩觉得羞赧，
把自己的双手贴在胸前，
或者把双手举起，又羞愧地
把它们放在胸口上面；
当你嘴里喃喃地说着什么，
向年轻的米隆[2]表白爱情，
但话里却不带一点情感；
或者嘴里干巴巴地喊一声：
“啊！”实际上却无动于衷，
毫无表情地落座在圈椅里，
红着脸，有点娇喘吁吁，

① 这两声喝彩原文为法语。
② 文学作品中常用的情人名字。

底下便窃窃私语："啊！多美！"
唉！换了别人，早就是一片嘘声，
美貌的力量真是了不起，
啊，克洛雅，圣人也会撒谎：
世上的一切并非都枉然无益。

克洛雅，用你的美貌去迷惑人吧；
要有哪一个爱上你的人
敢于当着你的面歌唱爱情，
那他就有百倍的福分；
要是有人在诗歌里或在舞台上
用散文发誓要热烈地爱你，
你可以回答他，而不必担心
说出有一天会忘恩负义；
谁要是和女演员同台演出，
能够忘记自己的角色，
和她紧紧握手，期望在后台
得到更大的幸运，他就有福了。

回　忆[1]

（致普欣）

我的酒友，你可记得，
在快乐的宁静时刻，
我们曾经把痛苦
在冒泡的美酒中淹没？

可记得，我们默默地
躲在昏暗的角落，
远离学监的监视，
慵懒地和酒神同乐？

可记得，围着潘趣酒，
朋友们轻声地交谈，
紧张得不敢碰杯，
只吸着廉价的烟？

---

① 1814 年 9 月 5 日，普希金和普欣、马林诺夫斯基在皇村学校里饮酒，此事后来被发现，普希金等学生被罚。此诗即回忆此事。

冒泡的酒浆在翻腾、
流淌，啊，多美妙！……
蓦地，远远传来了
学究可怕的吼叫……

酒瓶刹那间粉碎，
酒杯往窗外飞去——
清澈透明的酒浆
往四面八方流失，

我们都匆匆逃走，
惊恐刹那间消失！
脸上闪耀着红晕，
都争夸机灵麻利，

高兴得哈哈大笑，
目光暗淡而呆滞，
泄露了酩酊的时刻
和酒神甜蜜的诡计。

啊，我的知心朋友！
我发誓，在舒心的时刻，
每年我都要喝几杯
来回忆当年的快乐。

致加里奇函

你在哪儿，我的懒汉？
与享乐结缘的情人！
难道说隐居的宁静
你并不那么喜欢？
难道说我们两个人
只能通过信函
来打发闲暇时间，
此外再无法看见
那帕耳那索斯流浪汉？
我品都斯山上的芳邻，
你也躲开了缪斯，
曾经是足不出户的人
却远离家神而去！
那个幽暗的角落
和花园已显得荒凉，
那儿在薄暮时刻
我们曾把杯盏碰响；

在那儿科摩斯[①]曾用
鳟鱼和馅饼飨客，
巴克科斯曾为我们
送来冒泡的酒盅，
日子一天天飞驰而过，
再没有友情的聚会；
共享过欢乐的美味，
我们这些浪荡子
便睽违了你的教诲；
而那些喧闹的谈天、
久久不散的饮宴，
也没有了从前的趣味。

在狭窄的斗室里面，
在孤独而寂寥的傍晚，
亲爱的哲人，我多想
和你促膝长谈。
漆黑的夜色已拥抱
潺湲流水的堤岸，
傲慢的老猫睡得正好，
在禅房里呼呼打鼾。
在这无名的修院里，
趁着美妙的梦神
没张开宁静的羽翼，

① 希腊神话中的宴乐之神。

哄着我昏昏然打盹，
我等着莫耳甫斯，
静静地躺在床上，
没费多大的力气
便给这逃跑的叛逆
草草写一封便函。
远离那个小镇[①]，
在那里福玻斯众姐妹[②]
曾柔情地陪我消闲，
告诉我：在京城里面，
朋友，你为何事劳累？
难道说，诗人的庭院
竟处在闹市中间，
远离故乡的土地，
远离朋友和亲戚？
难道说，在嘈杂的剧院，
在那里强壮的阿波罗
为发狂的观众所赞赏，
欢呼声让人惊心动魄，
歌曲唱词的平庸
又使你痛苦不堪，
在演员和提琴的吼声中，
你竟能安然入眠？

---

① 指皇村。
② 指诗神缪斯。

宫廷的哲人，你是否
准备强颜欢笑，
不惜下心低首，
为一条彩色的绶带
去曲意巴结讨好
那瞎眼的轻佻女人①？
是否准备在欢宴时刻
为别人点唱的一首歌
小心把克罗伊斯②吹捧？……
不，我善良的加里奇！
你不习惯打躬作揖，
正直明智的朋友，
你诚实而且高贵；
你喜欢幽静安泰，
顺从自己的命运，
对贵族老爷的钱财，
你全然无动于衷，
你对包税人的钱夹，
只开心时置之一笑，
面对弥达斯③，哲学家啊，
你从不摘下便帽。
你和善变的福耳图娜
尽管龃龉不断，

① 指命运女神福耳图娜。
② 克罗伊斯（前595—前546），古代吕底亚末代国王。此处指角色。
③ 希腊神话中的佛律癸亚王，以拥有财富著称。此处指财主。

但是高贵的哲学家
却得到巴克科斯的奖赏，
这位年轻的酒神
常在傍晚时分，
脸上春风荡漾，
脚步踉跄地跑来，
用玻璃杯盛满拉斐特
和那琥珀色的格罗格①，
请你喝个痛快。
你拥抱着美丽的幻梦，
爱情在引导你向前，
青春洋溢的友情，
在为你编织花冠。
说实话，你很幸福，
这不是梦幻，是事实，
当时光向前飞驰，
插上快乐的双翼，
当许许多多诗友
从早到晚和你一起
嬉戏笑闹和吟诗，
畅饮摩泽尔葡萄酒②，
为自己一些知己
朗读给朋友的书信，

① 用朗姆酒或威士忌酒兑水制成的烈性酒。
② 一种在德国摩泽尔河流域生产的白葡萄酒。

用豪放的别兹里夫敏[①]
点燃烟斗里的烟丝！……

　离开那枯燥的城市吧，
和朋友们欢聚一堂，
与他们永不分离，
把山野当作家乡。
走吧，快离开京城，
啊，加里奇，到这儿来！
这里永远看不见
朝霞的玫瑰色光彩，
而同提布尔先哲[②]
一起在被窝里睡懒觉，
我们常饮酒作乐，
醒过来，接着又睡着。
你瞧，为了给你奖励，
我们的诗人杰尔维格
带来了他的叙事诗，
为葡萄献上斯坦司，
为百合送上一首歌。
于是你狭小的屋子
便挤得密密麻麻，

① 诗人谢·谢·鲍勃罗夫的绰号，意为无韵诗人，他用无韵诗写长诗《塔夫里达》。此处指这位无韵诗人的诗稿。
② 指古罗马诗人贺拉斯。

你瞧，我们的作曲家①
带着古多克②上了楼梯，
还来了个人，爱说俏皮话，
我们都突然来到，
于是每天又重新
以诗歌和散文赶跑
我们忧郁的阴影。
那些钟情的小姐
也要来这儿做客，
我们黄金般的岁月
将不愁难以度过。
我们将把自己的余生
同荣誉那魔法女郎、
年轻的巴克科斯酒神，
以及嬉戏共同分享。

① 指 M. Л. 雅科夫列夫，普希金皇村学校同学，曾为普希金和杰尔维格的诗谱曲。
② 一种俄罗斯三弦琴。此处指粗糙的诗歌。

我的墓志铭

这里埋葬的是普希金，他和年轻的缪斯、
爱情、懒散一起度过了快乐的一生，
他虽未做过什么好事，却是一个
　　心地善良的人，这点上帝可以作证。

阵亡的勇士

树林后面的一抹晚霞
已悄悄地熄灭了它的光华，
　荒凉的山谷里静悄悄，
河流在茫茫的迷雾中奔腾，
白云成团地缓缓飘动，
　月亮在其中照耀。

一副铁甲遗弃在山冈上面，
矛已断，护手里有一柄宝剑，
　盾丢在生锈的头盔下，
潮湿的青苔上扎着马刺：
它一动不动，一弯月牙儿
　在血色的月光中望着它。

勇士的战马徘徊在山冈上；
高傲的眼睛已失去光芒，
　善战的马把头低垂。

粗心的马蹄敲击着山崖，
忠实的战马眼望着铠甲，
　惊异得又嘶鸣又颤栗。

旅人在夜里迷失了方向，
他胆战心惊，却怀着希望，
　他弯腰拄着手杖，
爬上山冈，望着迷茫的远处，
他走下山冈，疲惫的脚步
　无意中把铠甲碰响。

他打了个寒战，铠甲被碰响，
阵亡者的枯骨在里面碰撞，
　头盔滚下了山崖，
里面是个骷髅……沉闷的滚动声
使烈马嘶鸣，它驰上山峰
　一看……便把头垂下。

旅人在黑夜中已经走远，
却总觉枯骨响动在脚边……
　但朝霞已经升起，
阵亡的勇士仍躺在山冈上，
铁甲静悄悄，头盔也不响，
　战马仍守卫着勇士。

致杰尔维格[①]

听我说，纯洁的缪斯
所信赖的狡黠的神父：
我这山野的居民
竟跻身诗人之列，增加了
这罪孽一群的人数，
在可爱的梦想面前，
我低低地垂下了头颅；
我那诗人伯伯
对此曾给过我忠告，
还把我和缪斯撮合。
起初我把它当游戏，
胡乱凑几行玩玩，

① 杰尔维格于《俄罗斯博物馆》（1815 年第 9 期）发表《致普希金》信函（即本诗第 2 节开头所说的“华翰”），最后几行是：

普希金！即使在树林里也无法躲藏；
诗琴嘹亮的乐音会暴露他的行踪，
得意洋洋的阿波罗将把不朽的诗人
从凡人之中带上诗神的奥林匹斯峰。

普希金这首诗是对杰尔维格“信函”的回答。

后来又拿出去发表，
没想到如今我竟然
成了这个、那个无聊的
别斯托尔科夫[①]的兄弟，
这全是我自己的罪愆！

　很感谢你的华翰，
可对我又有何好处？
以后难免会有人
对着我指指戳戳，
百般地嘲笑挖苦！
出卖朋友的人哪，看来
你是和阿波罗串通，
从今以后我注定
要被人称作普拉东[②]。
我的灾难将没个完！
呜呼，我这个做诗狂
可往哪里去躲藏？
那些出卖我的朋友
会偷偷地往城里
寄走我朴素的诗作，
把我幽居的果实
——拿出去排版——

① 虚拟的名字，有糊涂先生之意。
② 普拉东，17 世纪一个没有才能的诗人。曾和拉辛竞争，他的名字成了拙劣诗人的代名词。

把纸张白白地浪费！
爱说俏皮话的人
会含笑把诗人包围。
“啊，先生！有人对我说，
您写了好多小诗；
能不能让我瞧瞧？
您在诗里一定是
描写了潺潺的溪流，
一定是描写了矢车菊，
或者是微微的轻风，
还有树林和蓓蕾……”

啊，杰尔维格！缪斯
已为我安排了命运；
可是你难道也想
让我加重几分伤心？
你既让一颗快乐的心灵
在梦神的怀抱里安睡，
请你让我再偷懒
哪怕是一年时日，
尽情享受一下安乐——
我本来就是安乐之子！
然后，虽然我不情愿，
但种种忧烦就会
从四面八方袭来：
于是我不得不准备

和报社讨价还价，
和杂志大动干戈，
和格拉福夫一起感叹……
饶恕我吧，阿波罗！

玫　瑰[①]

我的朋友，
我们的玫瑰花儿在哪里？
玫瑰凋谢了，
这朝霞的爱女。
不要说：
青春也将如此凋萎！
不要说：
这就是生活的欢愉！
请告诉花儿吧：
别了，我为它怜惜！
请向我们指点
百合花的丰姿。

① 玫瑰象征爱情。

致亚历山大[1]

各民族的战争停止了，遥远的边境
再听不见厮杀的叫喊和军号的冲锋声；
光明的和平正伴随和谐的竖琴
从高高的天庭向阴暗的大地降临。
胜利了！……俄罗斯沙皇大功告成！
那傲慢的军队枉然扑向我国境，
加冕的豪客枉然不可一世，
率领百万大军、蔽日旌旗，
拖着镣铐，恶狠狠走向大限：
浓烟滚滚的莫斯科亮起了利剑！
匪徒的星辰在永恒的黑暗中陨落，
闪光的皇冠在头上不再闪烁！
幸运之子颤抖了，被命运抛弃，
他眼前发黑，看不见俄罗斯的土地。

---

① 此诗系为筹备中的迎接亚历山大一世从巴黎凯旋之庆典而作，后该仪式根据亚历山大命令被取消。该诗原题为《颂皇帝一八一五年自巴黎凯旋》，系普希金应上司之约而写。

他溃逃了……复仇的雷霆紧跟着袭来，
这独夫跌下皇位……又上台……又失败！

英勇的沙皇，赞颂和感谢归于你！
当敌军铺天盖地侵入我疆域，
你穿上铠甲，头戴饰羽的钢盔，
在上帝的祭坛前面双膝下跪，
拔出宝剑，发出神圣的誓言，
捍卫祖国，免受镣铐的羁绊。
我们聆听了这誓言，一颗颗丹心
紧随着父亲在烈火般的激情中飞腾，
燃烧着命定的复仇之火，无比激动；
面对着敌人，俄罗斯人众志成城！

“执剑！”响起口令，像旋风上战场，
无数的军旗猎猎随风飘扬；
弟兄们互相拥抱，年轻的军人
在悲伤的离别中向恋人发出保证；
厮杀。为自由爆发激烈的战斗，
死神死死抓住他们，用冰冷的手！……
可我……远离炮火，悠闲而安详，
在你的安全庇荫下，悄悄地成长！
唉！神秘的上界没有注定
让我在枪林弹雨中去为你出征！

鲍罗金诺的子孙，库利姆[①]的英雄，
我看见，你们如何发起冲锋；
我心急火燎，巴望跟弟兄们去作战，
为什么我不能为国血染疆场？
为什么我不能用幼嫩的手紧握利剑，
遍体鳞伤战死在你的面前？
不能在某个早晨光荣捐躯，
亲身见证这个伟大的功绩？

啊，你多么伟大，将永垂不朽，
当你带领子弟兵冲向那敌酋；
那些在重轭下牺牲的各族人民
将从阴暗的坟墓里抬起尸身，
兴高采烈地把沉重的锁链抖动，
小心翼翼而高兴地互相打听：
“我们当真自由了？……那暴君已灭亡？……
谁如此英勇？在炮火中奋起在北方？……”
于是欧罗巴低下他那衰老的头，
伸出从奴役桎梏下解放出来的手，
紧抱救世主俄国沙皇的双膝，
那作乱的政权已从你面前消失！

啊，我们的沙皇，如今你已凯旋，
北方之邦兴高采烈，尽开笑颜！

① 捷克村庄。1813 年俄军在库利姆附近大败拿破仑的军队。

向你的臣民垂下慈祥的目光吧——
所有的面孔都闪耀着爱戴与欢洽。
听吧，到处传播着胜利的喜讯，
到处响起快乐而自豪的欢呼声；
到处在庆祝，广场上一片欢腾，
你在民众当中，俄罗斯的神明！
卫队奔过去迎接胜利的皇帝，
一个老人默默地含泪看着你，
忘记了那幸福的叶卡捷琳娜时代。
啊，俄罗斯沙皇，扔下你的盾牌、
威慑的利剑和钢盔——我们的壁垒——吧；
面对伊阿诺斯[①]斟满神圣的和平之杯，
用你强大的巨手消灭战争，
带给世界渴望已久的安宁！……
黄金般的太平盛世已经在望，
让钢盔生锈，利箭收入箭囊，
忘记它们是如何在战场上飞行；
幸福的农夫将忘记战乱的不幸，
用和平铸造的犁耕耘他们的土地，
如飞的航船将插上贸易的双翼，
在自由广阔的海洋上破浪前进，
尚武的斯拉夫民族年轻子孙
将因为无所事事而感到烦恼，
他们将默默围坐在老者周遭，

① 罗马神话中守卫门户的两面神，既可瞻前又可顾后。

倾听他的叙述，而他用破旧的拐棍
在沙土上慢慢地画着军营、队形，
以及远方的一处松林和山地，
用无拘无束、平常而真诚的话语
在故事中向他们重述昔日的荣光，
含着热泪颂扬我们的好沙皇。

* * *[①]

是的，我有过幸福，是的，我有过欢愉，
我曾在平静的快乐和兴高采烈中沉醉……
如今飞快欢乐的一天在哪里？
它像飞逝的梦幻般一闪而过，
欢乐的魅力凋萎了，
忧郁、寂寞的黑影又充斥了我的周围！……

① 这首诗写于 1815 年 11 月 29 日的日记中，因遇到皇村学校一同学的姐姐叶·巴库宁娜而作。

一滴泪

昨天我和一个骠骑兵
　　一起饮过酒，
我默默望着远方的大路，
　　满腹忧愁。

“告诉我，你往大路上看什么？”
　　那勇士问缘由。
“荣耀归于主，你还不曾
　　在这儿送朋友。”

我把头低低垂到胸前，
　　连忙轻声说：
“骠骑兵！她已离我而去！……”
　　我叹气，又缄默。
我的睫毛上噙着眼泪，
　　它滴进了酒里。
“小伙子！你竟为小妞哭泣，

不害臊！”他生气。

“别说了，骠骑兵……我心里难过，
你未曾伤悲。
唉！要把酒变成毒汁，
只消一滴泪！……”

* * *[1]

三个忧郁的歌手结成一伙——
希赫马托夫、沙霍夫斯科伊、希什科夫，
他们是为对抗智慧而结合——
希什科夫、沙霍夫斯科伊、希赫马托夫，
这可恶的一伙人当中数谁最痴？
希什科夫、希赫马托夫、沙霍夫斯科伊！

---

① 这首诗普希金生前未发表。该诗是为讽刺“俄罗斯语文爱好者座谈会”的成员而作。该“座谈会”的领导人为亚·谢·希什科夫（1754—1841）、谢·亚·希林斯基-希赫马托夫公爵（1783—1846）、亚·亚·沙霍夫斯科伊（1777—1846）。

致玛·安·杰尔维格男爵小姐[①]

您八岁，而我刚到十七。
我也经历过八岁的生辰；
岁月流逝，在不济的命运里
上帝让我成了个诗人。
往事不复返，逝水东流去，
我老了，从不口是心非；
相信我，我们得救靠诚实。
听我说，爱神与您同娇贵；
小爱神，爱神与您可媲美——
长大后您就是一个维纳斯。
　要是靠宙斯的恩典，
　我还能活在人世，
　而且还出口成章——
　小姐，我就会为您

① 玛丽亚·安东诺夫娜·杰尔维格男爵小姐是普希金皇村学校同学杰尔维格的妹妹，这首诗是为庆贺玛丽亚8岁生日而写的。

送上拉丁味颂诗，
不加雕饰而隽永——
有点儿真诚的赞美，
有很多真诚的感情。
我会说：“为您的明瞳，
男爵小姐，为舞会，
当我们大家看着您，
哪怕为从前的诗情，
请举目看我一回。”
一旦爱神和喜曼[①]
祝贺俊俏的玛丽亚
成为妙龄的夫人，
我不知在垂暮的年华
能否写诗为您庆新婚？

① 一译许门。希腊神话中婚姻之神。

致我的酷评家[①]

清醒的酷评家，我请你原谅，
你曾评判我酒后的信函，
请别指摘我嬉戏的诗篇，
其中我的情感和幻想：
这是快乐闲暇的果实，
它不是为了不朽而诞生，
我保存着它，仅仅是为本身，
也是为朋友，或者还是
为了赫洛亚，那妙龄的女郎。
请你怜悯我，我请你原谅，
我并不需要你的教训，
我知道自己身上的毛病。
不错，我的才能很平庸，
韵脚上常常押得不工整。

---

① 酷评家指普希金的老师尼·费·科山斯基（1785—1831），他常吹毛求疵地批评学生的诗作。

常常违反做诗的规律，
成串成串的三音步韵文，
用阿尤、阿叶、奥伊来押韵。
我还必须老实说一句：
我常常（谁没有这种过失？）
抒发几句空洞的感情，
一连写三行多余的诗句；
这很不好，但是能不能
让我稍稍作一点解说？
我这些转瞬即逝的书信
难道会在后代开花结果？
我的古板的检查官，别以为
到夜里我就疯疯癫癫，
被诗思主宰，神迷心醉，
为写诗而牺牲我的安恬；
别以为，在屋里我跑来跑去，
抓着头皮，把头发弄乱，
就像福玻斯的那些祭司，
闪动着令人生畏的双眼，
气喘吁吁，紧蹙着眉头，
接着把屋里的灯烛点燃，
呼哧着，坐到破书桌前面，
坐呀坐，三天通宵达旦，
终于写出三音步的胡诌……
衰老的珀伽索斯的马夫，
嘶嘶托夫、马鞭托夫、格拉福夫

便这样写作（我无意指责），
这帕耳那索斯的退休老仆，
他写过许多老掉牙的诗歌，
他写的颂诗不太庄重，
笔下的童话[①]也十分平庸。

我喜欢安逸平静的生活，
悠闲对我全不是负担；
吃与喝我都需要时间。
在自己也没有料到的时刻
我忽然想要写几句歪诗，
歌唱一番友谊和厄洛斯——
一下子我就完成了这作品。
无论是同好友促膝闲谈，
还是躺在鸭绒卧榻上，
或是漫步在寂静的河边，
在一片幽暗和僻静的树林，
我心血来潮，两手一挥，
马上就用韵文来发言——
我那活泼动人的诗篇
决不会让人觉得腻味……
但是不管是什么时候，
我想好好地休息休息，
便在壁炉前坐了下来，

---

① “童话”指格拉福夫（赫沃斯托夫）写的寓言。

我独自像个悠闲的绅士，
捕捉着往日掠过的思绪，
并非是为了博取诗名，
胡乱涂抹三两个诗句，
并且把它低声地吟诵。

　但你可知道，我的迫害者，
眼下我正在和你交谈？
我这品都斯山的快乐造访者，
正在和年轻的缪斯消遣……
早晨金光灿烂的太阳
已把田野和树林照亮；
报晓的公鸡已啼过几遍；
我睡眼惺忪，打着哈欠，
通过诗歌呼唤萨佩尔①，
写下短短的几个诗篇，
我沉湎在愉快的蒙眬睡意里，
把头深埋在枕头里面，
用我有些睡意的手笔，
十分朴实，毫不加雕饰，
写下请求原谅的诗篇。
在人所不知的慵懒荫庇下，
那美妙的歌者常自得其乐，

① 萨佩尔（1628—1686），法国诗人，常写短诗。

他有时歌咏《维尔维尔》[①]，
有时不由得洋洋自得，
面带微笑地随手描绘
他那与世隔绝的阁楼，
在这懒散的状态之下，
诗句就这样那样写就。
难道可以在自己的创作中
抑制快乐思绪的欢唱，
把冰冷的思维尽行灌输，
用修饰去破坏奇思妙想——
生动的神来之笔的成果，
并以此缩短诗文的篇章？

　阿那克里翁、索利埃、巴尔尼
是操劳、忧虑和悲伤的宿敌，
当年在歌唱情侣的时候，
他们可不是这样忧郁。
啊，你们，亲爱的歌者，
慵懒和无忧无虑的子孙、
那快乐和悠闲的诗神缪斯
早已把花冠赐予你们，
而不是冥思苦想的劳作
写出的诗歌的闪光礼品。
神秘的曲径曾引导我们

---

① 法国 18 世纪诗人格雷塞的长诗。

登上塞萨利亚[1]的顶峰，
美惠之女神的快活手指
弹响了青春洋溢的诗琴，
一群佩福斯[2]的淘气孩子[3]
曾经盘旋在你们的头顶。
而我，一个不成熟的诗人，
你们诗文的粗疏继承者
正在悄悄地追随着你们……
至于你，我的乏味的传教士，
请按下你那学究味的愤恨，
去向别人吆喝、叫骂吧，
请放过我这年轻的懒汉，
悄悄地对他表示怜悯。

① 希腊北部的山，此处指帕耳那索斯山，诗神的灵地。
② 希腊地名，爱与美的女神阿佛洛狄忒神庙所在地。
③ 指爱神阿穆尔。

冯维辛的幽灵

在凄凉的阿刻戎[1]彼岸的天国，
在浓荫蔽日的树林里打哈欠，
太阳神阿波罗宠爱的作家，
忽然想要到尘世去看看。
他是著名的作家杰尼斯[2]，
俄罗斯无人不知的快活人，
头戴桂冠的讽刺作家，
对付愚顽的鞭子和凶神。
“请允许我暂时离开此地，”
他对地狱的冥王说道，
“阴森的火河让我厌烦，
我想到人间去到处瞧瞧。”
“去吧！”普路同[3]回答他的话，
于是他看到在自己面前

① 希腊神话中的冥河，由船夫阿刻戎（一说卡隆）在冥河摆渡亡灵。
② 即冯维辛，杰尼斯是他的名字。
③ 罗马神话中的冥王。

一艘大船上鬼影憧憧，
皱眉的卡隆在那里划船，
大船靠了岸，手持通行证，
主人公乘上了这艘空船，
于是他来到了我们这世界，
诗人，欢迎你光临人间！

　这位故人来到了俄罗斯，
他想寻觅某种新鲜事，
但这世界一点没改变，
一切都保持原来的秩序；
人们还那样口是心非，
大家还唱那些旧歌曲，
众人仍然相信诽谤者，
世事仍按旧轨道行驶；
百万钱财流水般花掉，
大家都在盗窃国库，
几家欢乐，几家哀愁，
医生还在叫病人吃苦，
各级主教都在睡大觉，
权贵们，那些显要的恶棍
边谈笑边往酒杯里斟酒，
对受苦人的控诉充耳不闻，
他们通宵达旦地赌博，
在参政院伏在红地毯上瞌睡；
还有那么多胆小鬼和无赖，

那么多只值一卢布的神女，
那么多愚不可及的将军，
那么多追逐女人的老色鬼。

杰尼斯叹了一口气：“啊，上帝！
我看到的还是那老样子。
前厅里咄咄逼人的德摩斯梯尼[①]，
雄辩的彼得鲁什卡[②]，你说的是：
‘世界是个渺小的玩具，
这玩具永远不会变异。’
我那些帕耳那索斯的喽啰，
年轻美惠三女神的弟子，
你们在哪里？诗人弟兄们，
我真想和你们一起欢聚。”
歪戴着长着双翼的帽子，
离开了天国明亮的庭院，
受诸神派遣的年轻使者，
像箭一般飞到他跟前。
“一起走吧，”赫耳墨斯对诗人说，
“我来这里当你的向导，
福玻斯亲自向我请求；
我们还来得及在天色将晓
去拜访俄罗斯的各位歌手，

① 德摩斯梯尼（约前384—前322），雅典演说家。
② 冯维辛诗作《致我的仆人舒米洛夫、凡卡和彼得鲁什卡》中的人物。

有的给予柳条的奖励，
有的给他的芦笛缠上桂枝。”
说着两人旋风般飞去。

　明亮的白日已不见日影，
昏暗的暮色已越来越浓，
黄昏已逐渐变成黑夜，
月光已在窗户上闪动，
任何人，只要不是诗人，
这时已甜蜜地进入梦境。
赫耳墨斯带着那快乐的故人
飞进一座高楼的楼顶，
克罗波夫[①]在夜深人静之中
正守着稿纸、羽笔和墨水瓶，
他坐在一把三只脚的破椅上，
在桌子后边冥思苦想，
用他那粗俗冗杂的文笔
将市井小人们的罪孽过错
编造成小说散文和诗章。
“他是谁？”“《德莫克里特》的出版人！
这个出版人真的很可笑，
他并不追求诗人的桂冠，
只要能时而一醉就很好。
他的诗读起来佶屈聱牙，

---

① 指安·弗·克罗波夫（1780—1821），《德莫克里特》杂志的出版人。

读散文，唉！真叫人痛苦不堪，
有什么办法？取笑可怜虫，
老兄，那可是莫大的罪愆；
最好还是离开这顶楼，
继续往前方飞行，去拜访
俄罗斯名副其实的诗人？”
“就这样吧，墨丘利，往前飞翔。”
于是两旅伴继续飞行，
只用了两分钟就双双降临
赫沃斯托夫的那间书房。
他没睡觉，这善良的诗人
正在编造应景的颂诗，
像个侍奉上帝的苦行僧，
哼哼着，涂抹着，汗流浃背，
为了成为民众的笑柄。
他坐着，用牙咬着羽笔，
安娜绶带[①]上撒满烟丝，
到处留下墨水的污迹，
苦恼的赫沃斯托夫连连喘气。
“哎呀！这夜半时分是谁来了？
我这不是在梦中说胡话！
这不中用的脑袋如今怎么啦！
冯维辛！我面前真的是你吗？
饶了我吧！是你……当然是他！”

① 指安娜勋章绶带。

“是我，真的是我，是普路同
让我从鬼魂的阴森居所
同一位地狱的可敬人员
暂时来看看人间的生活。
赫沃斯托夫，我的老朋友！
告诉我，你怎样打发光阴？
身体可好，生活可愉快？”
“唉！我这不幸的诗人，”
赫沃斯托夫皱着眉头回答，
“好长时间都一事无成。
我就直截了当告诉你吧：
凭着我帕耳那索斯的热情，
我直恨不得立刻去上吊。
我敢发誓，我是个好诗人。
用各种手法写诗、歌唱，
报纸上赞扬过我的才能，
《阿斯帕西娅》①对我崇拜有加，
可在诗人中我还是最后一名，
不论老少，个个都骂我，
不想读读我写的诗篇，
无论我到哪里，都对我吹口哨，
连无名的编辑都和我结怨，
顽皮的孩子也把我嘲讪。

---

① 指杂志《阿斯帕西娅的书房》。该杂志由鲍·费多罗夫等人创办，曾吹捧过赫沃斯托夫。阿斯帕西娅（活动时期公元前5世纪）系雅典政治家伯里克利的情妇，雅典社会的活跃人物，艺术家、诗人常在她家聚会。

只有阿纳斯塔谢维奇[①]一个人
是我忠实的教子、读者和义男，
他写散文向人们保证，
后世的读者将会把桂冠
在我的雕像头上加冕。
没有任何人想到这件事，
可我还是要坚持己见。
我要让我那位理发师
用我那预约长诗的定钱
将我这可怜的赫沃斯托夫头上
仅剩的白发做成发卷。
我要拿出英雄般的勇气
在稿纸上面把生命结束，
在地狱里也要终生写作，
为魔鬼们将寓言故事朗读。”
杰尼斯对此耸了耸肩膀，
诸神的使者也大笑一番，
他对着蜡烛扇扇翅膀，
便和冯维辛在黑暗中消失不见。
赫沃斯托夫并不怎么吃惊，
他若无其事将蜡烛点燃，
叹口气，打哈欠，画个十字，
再去续写自己的诗篇，

① 瓦·戈·阿纳斯塔谢维奇（1775—1845），杂志编辑，常为赫沃斯托夫发表作品，并加以吹捧。

到早晨他完成了一篇颂诗，
又用它去给全城催眠。

　塑造了普罗斯塔科娃[①]的作家
向赫沃斯托夫致意以后，
在一些大大小小的城市里
一连三夜在昏暗的阁楼
惊动了几个凑合的俄罗斯歌手。
催眠作家当中的精华，
沙里诺伊公爵在绿丛雅室[②]
坐在他的笔记本后面，
将鲜花和一丛灌木描绘，
他的气息吹拂着稿本，
多情的眼泪湿润着笔记；
当这令人吃惊的幽灵
在这痴情人的面前站立，
抓住那位情人的衣裙，
啊，太可怕了，他顿时昏了过去。
还有你，傲慢的俄罗斯斯拉夫人[③]，
大名鼎鼎的“无动词诗家”，
你几乎顿时变得面如土色，
仿佛被希什科夫瞪了一下；

① 冯维辛作品《纨绔少年》中的人物。
② 沙里诺伊指彼·伊·沙里科夫（1767—1852），过分甜腻情诗的作者。俄国贵族常把房间涂成绿色，画上花草，称为绿丛雅室。
③ 指希林斯基-希赫马托夫，“俄罗斯语文爱好者座谈会”会员，在作品中避免用动词押韵。写过《彼得颂》。

《彼得颂》一下子从手中掉落，
粗野的目光刹那间变傻。
还有你，神父们把你养大，
诵经士教会你阅读《诗篇》，
批评家们最为厌恶的老人[①]！
你看见了那幽灵可怕的容颜，
你那位天真烂漫的女友[②]，
早已风光不再的歌手，
彼得堡长舌妇们崇拜的女神，
吓得在他的脚下叩首，
还有那个月刊的痴迷者，
每个月不知羞耻地出版
那本老风骚女人的《书房》[③]，
这没文化的小学生作家
也接受了严厉幽灵的造访；
丘比特也救不了这孩子，
缪斯名誉的忠诚维护者
正颜厉色地将他责骂，
他狠狠地揪这可怜虫的耳朵，
冯维辛的手有多么可怕！

“够了！我已经没有兴趣，”

---

① 指希什科夫。
② 指安·彼·布宁娜，女诗人。
③ 月刊的痴迷者指鲍·米·费多罗夫，《阿斯帕西娅的书房》的出版人，常写些情意缠绵的情诗。

他说，“对那些蹩脚作家的造访
只是浪费时间，太无聊，
我宁可再一次遭受死亡；
可是叶卡捷琳娜的歌手[①]在哪儿？”
“他正在涅瓦河岸上歌唱。”
“这么说，他还没有看见
斯提克斯河的河谷？”“可叹！”
“可叹？告诉我，是什么意思？”
“杰尼斯！这北方的月桂已凋萎，
春天过去了，夏天也过去了，
诗人的热情已经减退；
你还是亲自去看看他吧，
让我们飞向这白发的诗人，
去听听这老头说些什么。”
他们飞去了，只那么一瞬，
在一个窗明几净的房间里，
他们见到了费丽察的歌人。
可敬的老人认出了他们，
冯维辛立刻就对他讲述
在那个世界的所有奇遇。
“这么说，你是一个异物？……”
杰尔查文说，“我很高兴，
请你接受我的祝福……
走开，小猫！……请坐，已故的兄弟，

① 指杰尔查文，他写过歌颂叶卡捷琳娜的颂诗《费丽察颂》。

今天是个没有风的日子，
我这儿正好有一首出色的颂诗，
请听听，老弟。”于是老人
清了清喉咙，理理假发，
开始吟哦起自己的诗文，
那是《圣经》经文的阐述，
那是所有颂歌中的精品。
那两个无形的阴间幽灵
低低地垂下头颅，惊异地
默默聆听老人的歌吟：

“神圣的奥秘之门打开了！……
从无底深渊中升起明亮之星[1]，
他谦恭，但前额能发出怒火[2]，
这是拿破仑！这是拿破仑！
巴黎，你是另一个巴比伦，
像白色羔羊一样驯服，
你卓尔不群，像野蛮的歌革[3]，
又像撒旦的灵魂一样堕落，
恶魔的力量已荡然无存！……
我们的主，上帝已受到祝福！”……

---

① 即金星，《圣经》译为明亮之星，指撒旦。
② 普希金在这段诗中讽刺性地引用杰尔查文使用的一些自己创造的词语，译文中用楷体排出的一些词语的原文即为杰尔查文自己创造的。
③ 《圣经》中玛各地方的国王，因背叛神遭到惩罚。

“啊！”我们的嘲讽者高喊，
“还有什么能胜过这诗篇，
即使是已故的鲍勃罗夫君
也难解读这深邃的内涵；
你这是怎么啦，杰尔查文？
你的命运如同那牛顿，
你同时是上帝，是蛆虫、光明、黑暗……
走吧，墨丘利，我的心在发疼；
我们走吧，我简直要发疯。”
转瞬之间，他飞离了诗人。

“一幕多么神奇的景象！”
冯维辛对他的旅伴说道。
“丢掉这毫无意义的感慨吧，”
赫耳墨斯回答，发出冷笑，
“可敬的罗蒙诺索夫曾经
在品都斯山遗憾地看见
一个剃光胡须的鞑靼人
在一群罗斯人中将诗琴乱弹，
这霍尔莫戈尔的品达罗斯[1]
燃起了怒火和内心的妒忌，
但福玻斯听到了责怪声
便前来把他好好抚慰，

① 霍尔莫戈尔是罗蒙诺索夫的诞生地，品达罗斯是古希腊诗人，此处比喻罗蒙诺索夫。

我的杰尔查文摔了一跤，
他在那里翻译《启示录》。
杰尼斯！他将百世流芳，
但又何必让生命久驻？”

为蹩脚诗人们所畏惧的故人
对赫耳墨斯说道：“我们该回去了，
我们快点离开俄罗斯，
我已经疲于到处游历。”
突然在咿呀响的磨坊附近，
在幽暗浓密的树林里边，
流水潺潺的小河岸上
出现了一所简朴的小院：
一条小径通向篱笆门，
一棵老槭树俯视着窗棂，
法尔科内[①]的丘比特雕像
含着嘲笑在门槛旁吓唬人。
“不用说，这里住着一位诗人，”
故人不由得高兴地说，
“进去吧！”他们看见了什么？
歌颂家神的年轻歌者
舒舒服服地躺在床上，
头上戴着玫瑰的花冠，
锦被稍稍搭在他身上，

① 法尔科内（1716—1791），法国雕塑家。

正和美丽的丽拉同眠，
美酒染红了他的双颊，
在甜蜜的梦乡还细语喃喃，
冯维辛不胜惊奇地望着他。
“熟悉的模样；可他是何人？
难道是无与伦比的巴尔尼？
是克莱斯特[①]？还是阿那克里翁？”
“他抵得上他们，”墨丘利说道，
“埃拉托、美惠三女神、阿穆尔
用香桃木枝叶给他加冕，
福玻斯用他的黄金排箫
对他的宠儿表示敬意；
但是他已经懒散成性，
只会饮酒、嬉笑和打盹，
和妙龄的丽拉谈情说爱，
完全忘记了他是个诗人。”
“那么让我来唤醒这浪子。”
冯维辛不禁大怒，说道。
他猛然掀开床上的帐幔，
诗人听见了这洞察的喊叫，
他裹着羽绒被恼怒地醒来，
伸出双手，伸了个懒腰，
然后朝一边翻过身去，
又呼噜呼噜睡他的大觉。

---

① 克莱斯特（1715—1759），德国诗人。

我们的主人公有什么办法?
他垂头丧气，只好死了心，
独自嘀嘀咕咕地唠叨。
我听见，他似乎满腹恼恨，
毫不留情地痛骂俄国人，
他还曾经这样说道：
“赫沃斯托夫在辛勤耕耘，
巴丘什科夫却在睡大觉，
我们的天才久久没有出现，
事情当然就难有成效。”

阿那克里翁的坟墓

万籁俱寂，多么神秘，
山冈上夜色幽暗，
一钩新月飘浮着，
在银辉洒满的云间。
我看见：坟墓上一把诗琴，
在甜蜜的寂静中微睡，
只有偶尔在死寂的琴弦上，
仿佛亲切的慵懒的声音，
悲哀的琴声在萦回。
我看见：诗琴上有一只鸽子，
玫瑰丛中有花环和酒樽……
朋友，这里静静地安息着
一个歌唱情欲的哲人。
看吧：雕刻师在云斑石上
复活了他的形象！
这里，他正对着镜子
说：“我老了，白发苍苍，

让我享受人生的快乐，
唉，人的一生并不久长！”
这里，他对诗琴抬起手来，
皱起眉头，神情庄重，
想要歌唱战争之神，
却只歌唱了爱情。
这里，他准备向大自然
偿还最后一笔债务：
老人家跳着圆舞，
想让渴望得到满足。
突然一群少女围着
白发的情人跳舞歌唱，
他从吝啬的时间老人
那里偷来了几分时光。
于是缪斯和卡里忒斯
将宠爱的人送往坟墓，
缠满常春藤和玫瑰的
游戏也跟着结束……
他走了，像人生的欢乐，
像快乐的爱情的梦。
世人啊，人生就是梦幻，
快及时行乐，不可稍纵。
欢乐吧，尽情地欢乐吧，
频频把酒杯斟满，
在纵情的欢乐中陶醉，
烂醉如泥再去长眠！

致尤金[1]函

亲爱的朋友，你想知道
我的梦想、愿望和目标，
倾听我这平常芦笛的清音，
含着真挚情谊的微笑。
但我这容易激动的诗人，
沉迷于青春梦想的痴汉，
能否在迅速展开的图景中
向世人生动地一一展现
黄金般少年时代的憧憬
向我展示的全部灿烂？

如今在宁静的生活中慵懒
将我藏进僻静的庭院，
用感情的锁链将我捆绑，

① 巴维尔·米哈伊洛维奇·尤金（1798—1852），普希金在皇村学校的同学。

我的生活平静得有如晴天。
在我这简陋的寒舍里看不见
炫耀富贵的庸俗装饰，
我含着怜惜之心，微笑着
看着那可怜的富人的奢侈，
我为自己的生活感到幸福，
并不渴求堆成山的财富，
我不知道明天和昨天，
为清寒的生活而感到满足。
我独自思忖："堆满房间的
金刚钻、各种宝石和黄晶、
斑岩空花瓶、贵重的玩偶，
对于诗人究竟有何用？
在时髦的圈椅和桌子外面
干吗要铺上阿尔比恩①的呢绒，
套上里昂的华丽外套，
卧室里的毡毛卧榻又有何用？
还不如躲进远处的乡村，
或者平淡无奇的城镇，
远离京城、操劳和喧闹，
在平静安宁的一角安身，
在那里和骄奢淫逸绝缘，
节日里得到一份清静！"
啊，如果诗人的梦想

① 英格兰古称。

有朝一日得以实现该多妙！
难道说他就注定不能
享受远离喧嚣的美好？
我仿佛看见了我的乡村，
我的扎哈罗沃[①]，它连同
栅栏、小桥和浓密的树林
像镜中一般清晰地倒映在
波浪起伏的小河之中。
山冈上是我的小屋，我可以
从露台走到悦目的花园，
福罗拉[②]和波莫那[③]一起为我
友好地把鲜花和果实奉献。
一行浓荫蔽日的老槭树
高耸入云，直冲霄汉，
白杨林子在低声喧阗。
每到霞光初露，我便手持
简陋的铁锹赶到那里，
在草地上踏出蜿蜒的小径，
去浇灌一株株郁金香和玫瑰——
在早晨的劳动中我倍感幸福；
在这里低垂的橡树下面，
我可以和贺拉斯与拉封丹一起

① 普希金外祖母玛·阿·汉尼拔的庄园，在莫斯科郊外，普希金童年时常在那里消夏。
② 罗马神话中的花园女神。
③ 罗马神话中的果树女神。

沉醉于怡然自得的梦幻。
附近有溪流在淙淙地奔腾，
在湿润的两岸中匆匆地奔流，
清澈的流水委屈地藏进
邻近的树林和葱茏的田畴。
已到了中午，在明亮的大厅里，
欢乐之神已摆好了圆桌，
面包和盐摆上了洁白的桌布，
菜汤在冒气，杯中有美酒，
餐桌上的梭鱼正等着宾客。
成群的芳邻闹闹嚷嚷地
走进大厅，打破了寂静，
入席了，响起酒杯的叮当声，
大家颂扬巴克科斯和波莫那，
还把明媚的春天歌颂……

　这是我清静幽寂的书房，
我在莫斯科饱受折腾，
在这里远离骗人的美女，
远离那些恼人的繁冗
和那狡黠的妩媚女人，
她把全世界玩弄于股掌之中，
吹响永不停歇的喇叭，
记得她的名字叫光荣，
如今我与纯朴的大自然相伴，
做着思考哲学问题的游戏，

和年轻活泼的缪斯结盟……
这是我的壁炉，在薄暮时分，
当秋风秋雨在屋外张狂，
我喜欢坐在僻静的书房里，
对着壁炉默默地遐想，
我读读伏尔泰和维兰德[①]的作品，
或者在灵感降临之际，
漫不经心地涂几句斯坦司，
然后把这些诗付诸一炬……
就在这里……但在幻灯上
一群幻影迅速产生，
在白色幕布上不断闪现，
幻影出现了，接着又消失，
犹如朝霞出现时的黑影。
这时就像在寂静的禅室，
我又向幻想的魅力献身，
我用无所顾忌而慵懒的手
东涂西抹到处撒下些诗韵，
我听见了马蹄声和马的嘶鸣，
绣花的鞍鞯在眼前闪烁，
闪亮的披肩散发着光芒，
骠骑兵从窗前飞驰而过……
你在哪里啊，迷人的乡村
那一幅幅纯朴而安谧的景象？

---

① 维兰德（1733—1813），德国诗人。

我正展开幻想的翅膀
飞向那山谷中鏖兵的战场，
兵营里的灯火已经暗淡，
我全身裹着一袭斗篷，
同白发苍苍的小胡子哥萨克
躺在中间，远处刺刀在闪亮，
战马咬着马衔在嘶鸣，
偶尔从那高高的炮台上
响起巨雷般轰鸣的炮声……
我的心因渴望战斗而颤栗，
面对战斗中的刀光剑影，
我眼中冒着火星，于是我
冲上去要将仇敌消灭干净。
我的马载着威武的骑士，
像雄鹰一般冲入敌阵，
挥刀向仇敌猛烈进攻。
啊，你们，祖国的保护神，
请保佑这个战斗中的少年！
在那里他挥动豁口的马刀，
军帽上翎毛在随风飞旋；
他肩披切尔克斯斗篷，
默默地伏在马鬃上面，
箭一般飞驰在光滑的田地，
叼在嘴里的雪茄在冒烟……

　然而戴着胜利的桂冠，

战士们啜饮着和平的酒浆，
我已淡忘了战斗的荣誉，
急于返回简朴的家园，
在那创建功勋的战场，
我只看到疾病和拐杖，
永远扔下复仇的刀剑……
我已经看到薄暮中的远方，
我窄小的屋子和幽暗的树林、
柴门、小花园和附近的池塘，
于是我这安分的哲人
又躲进了亲切温馨的家门，
遗忘了世界，被世界所遗忘，
重新享受心灵的恬静……

　告诉我，珍贵的知心朋友，
友谊与爱情是否仅是梦想？
至今我仍在玫瑰丛中
无忧地欢度我的时光。
我的心灵天真无邪而清亮，
从未经受恋爱的烦恼，
但日子一天天飞快地流逝，
我童年的痕迹在哪儿能找到？
美好的年华已经过去，
初放的花朵已经枯萎，
心儿已不再欢乐地跳动，
当我看到蝴蝶可爱的样子；

随着微风轻轻地吹动，
它就在空中翻飞盘旋，
在一种莫名的激动之中，
我曾热血沸腾，情焰狂燃，
诉说着柔情万般的爱情，
用一种心儿才能听懂的语言……
我那黄金般少年时代的女友，
我那欢乐童年的知音，
我还能见到你吗，亲爱的苏什科娃[1]，
我的知心朋友，秋水伊人？
到处跟随着我啊，你的倩影，
到处跟随着我啊，你可爱的姿容，
无论在朝霞灿烂的时辰，
抑或在寂寞的夜半幽暗中。
时而在幽暗的林荫道尽头，
万籁俱寂的傍晚时分，
我看见你就在我的前面，
懒懒地沉思默想，独自一人，
披巾遮不住你的玉体，
你的目光在胸前低垂，
双颊泛出恋爱时羞涩的红云。
四周一片寂静，月色冷清，
白杨阴沉地微微摇动，

---

① 索·尼·苏什科娃（1800—1848），普希金曾在莫斯科的舞蹈课上与她结识。

暮色像一幅灰暗的帷幕
笼罩着远方的万千丘陵，
已经静静地沉睡的波浪
在月光下映出一片银辉，
小树林的倒影在随波翻腾。
树林里只有你我二人，
你俯身在我的手杖上面，
站在浓密的柳树底下，
一阵阵晚风在嬉戏撒欢，
给你雪白的胸脯送来清凉，
顽皮地戏弄着你的发卷，
勾勒出你那秀丽的美足，
透过你身上雪白的罗衫……
时而在夜半更深时分，
在你那高高的绣楼前面，
时值阴沉的隆冬季节，
我等待着另一个美丽的女伴——
雪橇备好了，夜色浓重，
一切都在沉睡，只有我在忧闷，
呼唤着懒洋洋的时钟的敲击……
我似乎听到轻轻的簌簌声，
我听到了那甜蜜的絮语——
她娇喘吁吁，步履轻悄，
那迷人的美人儿走下台阶，
姑娘把她的情人拥抱。
马儿奔驰起来，奔向远方，

长长的马鬃在迎风飘扬，
雪橇在深深的积雪中飞驰，
你羞怯地依偎在我的身旁，
你微微地喘着气，我们都陶醉了……
在销魂的欢愉中默不作声……
可是怎么！梦幻突然飞走了！
唉！我的幸福原是一场梦……

在缪斯喜爱的寂静之中，
芦笛发出了纯朴的声音，
我的朋友，我要为你歌唱
梦想、年轻歌手的命运。
缪斯与灵感培育的诗人，
他在紧紧追随着幻想，
在心中寻觅着人生的欢乐，
即使是在危难的路途上。
就让克罗托[①]别为我编织
幸福生活的黄金时刻吧：
幻想中自有人间的欢乐！
诗人比命运之神更强大。

① 希腊神话中命运三女神之一，负责编织生命之线。

致画家

卡里忒斯和灵感的宠儿，
当你火热的心充满激情，
请用你随意而欢乐的画笔
为我描绘心上人的倩影；

画出那天真无邪的俏丽，
那满怀希望的可爱姿容，
那天仙一般欢乐的微笑，
还有那俊美迷人的眼神。

请给那赫柏①般纤细的腰身
系上维纳斯常用的腰带，
请给我心爱的女王绘上
阿尔班②秘藏的瑰丽色彩。

---

① 希腊神话中的青春女神。
② 指阿尔班丘陵，意大利拉齐奥区的死火山区，是避暑胜地。

请让她那颤抖的胸脯
披上波浪般透明的衣衫——
要让她自由自在地呼吸，
假如她想要，也可以长叹。

请画出那羞怯钟情的梦想，
画出我朝思暮想的少女，
那时我将用情人的幸福之手
在下面签上我的名字。

致女友

爱尔维娜[①]，亲爱的朋友！来吧，把手伸给我，
我要凋萎了，请打破我这生活的噩梦；
告诉我，我还能看见你吗……要和你长久分离，
　　　命运是不是这样为我注定？

难道我们再也不能互相见上一面？
是不是我的岁月将永远蒙上一层黑暗？
难道晨光永远也不会再看见我们
　　　紧紧拥抱，情意缠绵？

爱尔维娜！为什么在那夜阑人静的时刻，
我不能快乐地把你拥抱，为什么我不能
在爱火中颤栗，把我那懒洋洋的目光
　　　投向我亲爱的美人？

① 虚拟的女性名字。

在无言的快乐里，在两情缱绻的欢愉中
倾听你甜蜜的低语和轻轻的呻唤，
在昏暗的夜色里静静地睡在爱人的身旁
　　等待醒来时的温存爱怜？

...Быть может, уж недолго мне
В изгнаньи мирном оставаться.

...нахожусь я в глухой деревне — скучно,
да нечего делать; здесь нет ни моря,
ни неба полудня, ни итальянской оперы.

...Быть может, уж недолго мне
В изгнаньи мирном оставаться.

...И забываю мир — и в сладкой тишине
Я сладко усыплен моим воображеньем,
И пробуждается поэзия во мне.